STÉPHANIE LES SOLIÈRES

LOU

Robert Laffont

Avertissement

Dans ce témoignage, l'auteure retrace la vie de sa fille touchée par un handicap moteur. Son objectif n'est pas de braquer les projecteurs sur tel ou tel médecin, tel ou tel hôpital, telle ou telle école, mais bien d'alerter sur certains dysfonctionnements auxquels sa fille et elle ont dû se confronter ; c'est pourquoi les noms et prénoms des personnes concernées ont été modifiés.

ISBN 978-2-221-25401-1
Dépôt légal : septembre 2021
Éditions Robert Laffont – 92, avenue de France 75013 Paris

À Lou.
Ma guerrière de lumière,
ma leçon de courage,
ma leçon de vie et d'amour.
Avec tout mon amour.

« Un bonheur que rien n'a entamé succombe à la moindre atteinte ; mais quand on doit se battre contre les difficultés incessantes, on s'aguerrit dans l'épreuve, on résiste à n'importe quels maux, et même si l'on trébuche, on lutte encore à genoux. »

SÉNÈQUE, *La Vie heureuse*

Prologue

Tes longs cheveux d'or soufflés par le vent glissent vers l'océan. Assise en tailleur sur le sable blanc, tu aspires avec délectation l'élément, la langue tirée, les yeux plissés derrière tes lunettes teintées par la luminosité. Sous la caresse de la brise bretonne, tu frémis, tu ris à n'en plus finir, de cette gaieté qu'aucune épreuve n'est jamais venue entacher, miraculeusement préservée.

Nous sommes sur la plage étirée du Guilvinec, un joli port de pêche dans le sud du Finistère, pendant les vacances d'été. Tu vas aller nager, comme les autres, mais avec mon aide, abolissant tes entraves physiques, repoussant tes limites vers l'horizon. Tu as quitté l'école pour l'été, laissé son cartable et ton roman derrière toi à Paris, *Pinocchio* de Carlo Collodi, qui te provoque de grands fous rires le soir dans ton lit. Passionnée par les sons et les mots, comme un philatéliste attentif, tu collectionnes les adverbes et t'amuses à répéter, à deux ans, « in-con-di-tion-nelle-ment » comme un délicieux bonbon à se mettre en bouche. Tu connais par cœur toutes les histoires pour enfants, reprenant, râleuse, le lecteur non averti qui oserait changer une seule virgule du texte initial. Ton univers s'est construit autour d'un imaginaire de contes de fées, d'abord sur CD, mémorisés sans effort, les uns après les autres (hypermnésique que tu es !), et plus tard, par la lecture : *L'Âne Trotro*, les contes de Charles Perrault, des frères Grimm et ceux de Marlène Jobert, qui te racontent une autre histoire que la tienne, si terrestre, fragile, charnelle. Ton roman préféré est *Matilda* de Roald Dahl, car tu te reconnais dans cette petite fille aux prises avec un environnement néfaste qui surmonte ses épreuves quotidiennes grâce à une intelligence redoutable et à ses pouvoirs magiques. « J'ai l'impression que je suis un peu comme elle, maman », me dis-tu comme pour te rassurer. La magie de pouvoir se mouvoir, tu ne l'as pas, mais ton imagination débordante te permet d'être Super Lou ou Alice comme dans les aventures d'*Alice au pays des merveilles* de Lewis Carroll. La découverte du théâtre de Molière t'enchante, malgré la peur de l'obscurité dans les loges qui te plonge parfois dans une véritable panique jusqu'à ce que le pesant rideau rouge se lève, et que, sous les feux de la rampe, le texte original prenne vie et lumière par la grâce du jeu des acteurs costumés, suscitant ton étonnement et ton émerveillement. La musique classique, la chanson française, brésilienne, colombienne, Willie DeVille, les Pointers

Sisters... te transportent avec puissance au-delà des apparences. Tu les fredonnes pudiquement dans la voiture, et tentes de cacher ton émotion pourtant palpable en écartant les bras comme pour mieux embrasser leurs mélodies vibrantes, et sur des ailes, inspirée par les notes, tu voles.

Deux ans, c'est aussi l'âge où tu nous chantes des comptines en espagnol, sans accent, grâce à Maria, une jolie Colombienne qui nous est venue en aide – et a fait bien plus encore pour nous.

L'histoire du monde et de la France t'enthousiasme et tu nourris une passion particulière pour Léonard de Vinci, la Renaissance et ses belles aux atours chatoyants.

Je t'aide à te relever sur tes longues jambes effilées et musclées sur lesquelles tu as du mal à tenir en équilibre ; tu te redresses, très droite, fouettant l'air de tes pieds excités que j'évite de poser au sol pour ne pas les abîmer, car ils sont un peu de travers, et nous avançons à quatre jambes jusqu'aux rouleaux scintillants en riant tout notre saoul. Tu pousses de petits cris de joie, comme si tu étais encore bébé, malgré ta grande maturité et ta vive intelligence. D'ailleurs, derrière toi, tu as laissé des pâtés de sable que tu t'es amusée à renverser tout près de notre serviette bleue, comme tes yeux, et, très appliquée, tu les a tapotés du bout de ta pelle en plastique. Ta motricité fine est celle d'une enfant de quatre ans, mais dans un corps de préadolescente, et comme s'il te fallait rattraper les étapes de ton développement moteur inachevé, tu t'adonnes avec passion et tenacité aux travaux manuels, malgré tes difficultés.

Nous nous immergeons dans l'écume. Tu n'as pas froid. Ta combinaison te protège, toi qui détestes la fraîcheur qui te contracte les muscles dont tu n'as pas la commande cérébrale. Et c'est alors que le miracle se produit. Délestée de tout ton poids, tu tiens debout ! Et dans l'eau qui te masse, tu marches droit devant toi vers la ligne indigo. Une vague te renverse, tu chavires apeurée mais, puisant au fond de toi une force de vie enchanteresse, tu t'ériges à nouveau, la bouche grande ouverte d'un rire à boire la tasse, dévoilant toutes tes belles dents, les cheveux dégoulinant sur tes joues dorées, éclaboussée par la brume salée dont tu te régales… Tu es libre, enfin, infiniment heureuse !

Chapitre 1

J'entrai dans la chambre de Lou après avoir franchi les lourds battants gris à hublots du service de réanimation de cet hôpital effrayant, où nous avions déjà passé tant de temps ces onze dernières années… Un lourd silence régnait dans la pièce uniquement perturbé par les bips incessants des machines et le souffle rauque du respirateur. L'air était saturé par les odeurs âcres des produits antiseptiques et des médicaments. Je balayai du regard cet espace rétréci, à l'image de notre vie depuis deux semaines, à veiller sur Lou sans répit dans cette ambiance lugubre et sans promesse d'avenir. Il m'évoquait une cellule de prison plongée dans une pénombre permanente, à l'abri de la chaleur et des rayons du soleil que filtrait l'étroite fenêtre à stores vénitiens, comme pour éloigner davantage encore ce lieu hors du temps, hors de la vie…

Nous étions en pédiatrie, et pourtant aucun effort particulier n'avait été fait pour décorer la chambre : quatre murs blancs, le lit, les machines et leurs fils qui envahissaient tout l'espace comme des lianes empêchant de se mouvoir. Je regardai le fauteuil inclinable sur lequel j'avais passé tant d'heures, les yeux rougis, et avais grappillé çà et là quelques minutes de sommeil. Les infirmières avaient punaisé sur un panneau de liège en face du lit tous les comptes rendus postopératoires.

Elles m'avaient gentiment fait de la place afin que j'y accroche les nombreux messages adressés par tous les copains de classe de Lou. Ils attendaient son retour avec impatience, s'inquiétaient ou pensaient simplement à elle. Leurs lettres étaient si belles que j'avais pris le soin de les lui lire une à une, à voix haute, afin que leurs mots doux l'apaisent, l'encouragent, adoucissent son cœur, à défaut de soigner son corps meurtri qui venait de la trahir, à nouveau.

Lou reposait sur son lit médicalisé, uniquement revêtue de cette blouse à motifs bleus que l'on trouve dans les hôpitaux. Un tube énorme lui sortait de la bouche. Son doudou Souricette, les livres que j'avais apportés pour les lui conter, ses longs cheveux détachés flottant autour d'elle étaient les seuls signes de vie palpables dans la pièce.

Dans quinze jours, elle fêterait ses douze ans. Je lui avais acheté une jolie carte d'anniversaire à paillettes que j'avais déposée tout près d'elle, la lui décrivant pour qu'elle l'imagine. On ferait une belle fiesta pour l'occasion ! J'avais besoin de me raccrocher à ce qu'il restait de vivant dans ce monde clos et aseptisé, de tenir à distance l'effroyable Thanatos qui s'était bien trop souvent penché au-dessus de son berceau. Mon invincible, mon insubmersible petite fille.

Plus tôt ce jour-là, après une réflexion déplacée de l'infirmier remplaçant du soir, des larmes de rage avaient jailli devant tant d'injustice… Me frayant un chemin à travers la jungle des fils des scopes pour accéder à la tête du lit, tout près de son visage, je pressai ma joue contre la sienne et laissai s'écouler mon trop-plein d'émotions…

Je lui demandai pardon pour la méchanceté de ce soignant, je lui demandai pardon de ne pas avoir été une mère parfaite, d'avoir commis des erreurs, et je lui dis combien je l'aimais, « plus grand que l'univers intergalactique », selon notre expression consacrée lors de notre rituel du soir, je lui dis qu'elle était ma merveille des merveilles, que je regrettais de ne pas avoir fait médecine pour pouvoir la soigner, réparer son corps, ou encore, de ne pas être une fée dotée d'une baguette magique pour tout changer, pour la soulager, je lui dis que je n'étais qu'une pauvre maman bien impuissante et que je donnerais tout pour elle : ma vie contre la sienne, et ainsi troquer nos destinées… mais que je ne le pouvais pas ! Je ne le pouvais, hélas, pas… Je l'aimais tellement…

Impuissance désolante… meurtrissure de mon âme et de ma propre chair qui se meurt.

Je passais mes journées à errer entre la chambre, le couloir et la salle des parents, le seul endroit de ce service sordide où pointait un peu de la lumière du jour. J'observais longuement les rayons orangés du soleil d'hiver se réfléchir sur les vitres teintées de l'hôpital et je m'imprégnais de cette lumière, au point de m'y fondre tout entière et de me surprendre à implorer une force d'ordre mystique pour sauver ma fille chérie… Lou, ma guerrière.

Le soir, je rencontrai un médecin que je n'avais jamais vu jusqu'alors, qui me parut humain, délicat et prévenant. À l'extérieur du service, accompagné de deux infirmières, il répondit à mes questions en toute franchise, me dit ce que personne ne voulait ou n'osait nous avouer depuis deux semaines au sujet de ces taches rouges sur son corps : ses tissus se détérioraient.

Ma petite chérie s'était tant battue depuis sa naissance, avait remporté tant de victoires ! Mais aujourd'hui, elle était désarmée et luttait à armes inégales. Elle avait été prise en charge trop tard et dans un état si grave qu'il n'y avait plus rien à faire : continuer signifierait s'acharner inutilement sur elle.

Dès qu'il eut fini de parler, je me précipitai auprès de Lou, comme je l'avais toujours fait, pour lui expliquer ce qui lui arrivait, pour la libérer de ce corps qui ne lui répondrait plus. Nous avions toujours été deux pour faire face à l'adversité, fusionnelles, et moi seule, pensais-je, pouvais la délivrer définitivement.

Je m'approchai doucement de son petit visage aux paupières closes et au teint de lis si délicat, plongeai mes mains dans ses cheveux de blé que j'avais tant caressés, et lui dis doucement à l'oreille : « Mon amour, ma Lou chérie... aujourd'hui ton corps est trop abîmé. Il est si esquinté que les médecins ne peuvent plus le réparer... Je suis tellement désolée... » Ma voix s'était étranglée. Puis, reprenant des forces : « Tu peux partir, ma chérie... Mais c'est *toi* qui décideras quand ! Pas eux ! Ne crains rien... car partout où tu iras, tu trouveras de l'amour... Tu entends ? Partout... On sera ensemble, ma chérie. Car au-delà des corps, au-delà du temps, au-delà de l'espace, toi et moi, on sera toujours ensemble... Je t'aime plus que tout au monde. »

Les mots étaient venus tout seuls, par amour pour elle, comme pour lui montrer le chemin, et la laisser partir...

Mais je n'avais pas le courage de la voir passer d'un monde à l'autre. C'était impossible, bien au-delà de mes forces. « Au revoir ma chérie, papa reste avec toi, il ne te quitte pas et tient ta main » furent mes derniers mots.

Ils supprimèrent les produits qui la soutenaient. Le cœur de Lou s'emballa immédiatement. Je paniquai. Il fallait la soulager ! Paul, son père, m'expliqua qu'à la fin tout était déréglé.

L'idée de la voir souffrir, une fois encore, une fois de trop... de la voir mourir... était totalement inconcevable, trop inhumaine pour moi. Alors, prise de panique, je suis partie... j'ai fui. C'était trop dur...

De retour à la maison dans un état second, je sombrai dans un sommeil sans repos. À peine deux heures plus tard, une latte du parquet craqua, et dans l'embrasure de la porte de ma chambre, j'entendis ma mère souffler :

« C'est fini. »

Sur le coup, j'ai été soulagée, libérée. J'appelai l'hôpital. Paul était si bouleversé qu'il en était étrange au téléphone. Il ne pleurait pas, et me répétait d'un ton calme : « Lou était en paix, en paix... »

Je rapportai ses habits préférés : un pantalon, un joli tee-shirt panda gris et un gilet en cachemire bleu marine. Il était 3 heures, la toilette mortuaire était finie.

Lou s'était envolée à 2 h 02 du matin, au cœur de la nuit, à une heure « miroir », celle qu'elle avait « choisie ».

Je m'approchai doucement de ce qui serait sa dernière couche. Elle était si belle. Une jeune fille en pleine floraison, aux jambes interminables et aux traits si fins. Elle avait l'air reposée. Je la coiffai d'une queue-de-cheval qu'elle aimait tant, et embrassai son front pâle et refroidi. En la regardant, je ne pus m'empêcher de songer à la Belle au bois dormant avec ses cheveux d'or et sa bouche ourlée en forme de cœur…

Les adorables infirmières qui s'étaient occupées d'elle avec tant de dévouement pleuraient en silence. Étonnés, mon mari et moi leur demandâmes pourquoi : « Parce c'est quelqu'un, votre fille ! On le voit ! »

Oui Lou. Tu étais quelqu'un. Un être extraordinaire, pas seulement à cause de ce fichu handicap moteur qui te pénalisait injustement. Extraordinaire par ta personnalité et ton courage inouï, par ton avidité à explorer les sentiers inhabituels de la vie, passant outre tes appréhensions, osant les goûts forts (qui mange de l'andouillette, des tripes à la mode de Caen ou des harengs fumés à quatre ans ?), te confrontant à la vie, à l'invraisemblable, tout en restant stoïque face à la douleur, parfois aussi à la bêtise humaine, sachant pardonner… Ce que je ne suis pas sûre d'être capable de faire un jour.

Oui Lou, tu étais une personne hors normes.

Ton papa était apaisé de te voir partie en douceur. Il me raconta avoir senti une étrange présence dans la pièce avant même que ton cœur ne cesse de battre. Il t'a accompagnée, courageux, jusqu'à ton dernier souffle, serrant ta main dans la sienne en te susurrant pour te rassurer « Endors-toi ma chérie ». Un comble, avais-je pensé, toi qui détestais tant cette phrase ! Il m'expliqua avoir pleuré quand la vie s'est retirée, puis avoir soudain senti une onde physique le traverser de part en part, qui le consola instantanément. Il était si retourné par cette expérience qu'il ne trouva pas les mots exacts pour la décrire.

Après cet adieu à l'hôpital, je rentrai, déconnectée de tout, et sombrai dans notre lit vide, écrasée par le poids du chagrin et de la fatigue. C'est alors que je perçus nettement quelqu'un peigner mes cheveux du bout des doigts, à la manière dont je déliais les tiens si souvent à l'hôpital. C'était toi ! J'en étais sûre. Je m'effondrai avalée tout entière par une tristesse abyssale, avec la sensation de m'engouffrer dans le tréfonds de la terre qui venait de se fracasser en deux, suffoquant à n'en plus finir…

Et, peu à peu, je fus enveloppée par des bras réconfortants… une étreinte d'un amour si absolu qu'elle dissipa ma peine en un clin d'œil pour laisser place à un état incompréhensible, proche de la béatitude, si loin de mon émotion première.

Était-ce la même expérience que Paul avait vécue éveillé ?

Je ne le saurai jamais, mais c'était si réel que cela me tira tout à fait de mon sommeil. J'étais consolée, inondée d'amour.

Chapitre 2

La sonde froide et gluante serpentait sur mon ventre arrondi et bleui par le gel médical. La pièce sobre et sombre ressemblait à une chambre noire, révélant le visage anguleux du docteur B. à la clarté de l'écran.

« Regardez ce petit grain de café, là ! » s'exclama-t-il soudain les yeux toujours fixés sur l'image renvoyée par la sonde.

« … où ça ?

— Regardez bien ! Là ! Cet ovale fendu ! »

Il pointa de son index une tâche minuscule et striée dans le carré flou. Je plissais mes yeux pour mieux discerner le trait.

« Ah oui !

— Eh bien… c'est son sexe, madame !

— Une fille ! ? C'est une fille ? répétai-je bêtement, comme pour mieux confirmer la bonne nouvelle.

— Oui ! Vous attendez une petite fille ! » me dit-il avec le sourire du médecin expérimenté.

Je restai sans voix, comme hypnotisée. Par écran interposé, la vie en miroir s'incarnait au creux de mon ventre. Le fruit d'un amour partagé, quoique tardif. Je me sentis submergée par une vague d'émotions en voyant ce spectacle inouï des prémices de l'existence sortie du néant… Je me sentais comme Ève, la première femme de l'humanité, ou comme Éléa, l'héroïne de *La Nuit des temps* de René Barjavel qui, avec Païkan, allait repeupler la terre après l'apocalypse. Devenir mère reste une expérience unique malgré son universalité. La métaphysique s'invite parfois dans les salles d'échographie de manière inattendue !

Une fille ! Quelle émotion ! Dire que j'étais folle de joie est encore bien loin de la réalité. J'avais toujours rêvé d'avoir une petite fille, prénommée Lou, après ma lecture fascinée de la biographie de Lou Andreas-Salomé de Françoise Giroud, qui m'avait beaucoup marquée. Cette intellectuelle m'inspirait par sa modernité, son caractère et son indépendance : née russe mais naturalisée allemande, cette femme de lettres cosmopolite était belle, rebelle, libre, féministe… Bref, une personnalité atypique, véritable pionnière en ce début du XXe siècle, inclassable comme son œuvre littéraire. Cette accumulation de qualités, alliée à sa beauté physique et à son rayonnement intellectuel, lui avait valu de nombreux hommages masculins : le poète romantique Maria Rainer Rilke lui avait dédié ses plus beaux poèmes d'amour, le philosophe allemand Nietzsche et le psychanalyste Sigmund

Freud l'admiraient pour sa vive intelligence. Bref, un prénom court, puissant et symbolique.

Et pourtant, je dus batailler auprès des miens pour faire accepter ce beau prénom chargé d'autant de significations pour moi. Mon entourage s'était mis en tête de me dissuader, de manière plus ou moins subtile, ou pressante, et de le remplacer par des prénoms familiaux qui me semblaient hors d'âge. Mon mari n'avait pas d'idée spécifique sur le sujet. On me reprocha d'avoir choisi une marque de lingerie éponyme, et j'eus beau me justifier, expliquer le sens profond que ce prénom revêtait pour moi, on me rétorquait inlassablement que les dessous de dentelle de 1946 seraient sûrement un « traumatisme » à l'école pour Lou ! Proche du terme, je mis fin à ces discussions dans un sourire agacé : « Chacun ses références : à vous les soutiens-gorge, à moi Lou Andreas-Salomé ! »

Je pris le temps de la détailler sur l'écran : elle était là, recroquevillée en demi-lune, parfaite. « De la taille d'une fève », avait ajouté le gynécologue d'un air goguenard. J'écoutais son petit cœur battre à une cadence frénétique, des battements semblables à des bruits de bourrasque dans un microphone par temps de pluie. J'étais éblouie. Tout me semblait si irréel. Comme des millions de femmes, j'étais enceinte pour la première fois et, probablement comme des millions de femmes, j'avais l'impression d'être la seule au monde à vivre cet instant béni. Des larmes d'émotion roulaient sur mes joues.

Ma vie avait connu une soudaine accélération suivie d'une échappée belle, après des années à papillonner en tant que « spécialiste des CDD », préservée du sentiment d'emprisonnement lié aux engagements à durée indéterminée. C'est lors d'un remplacement pour une mission en région que j'appris la nouvelle de ma grossesse. Ce jour-là, seule dans la rédaction exceptionnellement silencieuse à l'heure du déjeuner, je parachevais une recherche sur la vinification entre deux bouchées de mon sandwich thon-salade, quand mon mobile sonna : « Bonjour madame, c'est le laboratoire, dit une voix féminine. On a votre analyse : c'est positif, madame. Vous êtes enceinte. »

Incroyable ! Je ne m'y attendais pas du tout ! Je ne sais pas pourquoi, j'avais toujours eu l'idée saugrenue que j'étais stérile. J'explosai d'une joie bruyante dans le silence du bureau paysager. Mère ! J'allais devenir, moi, maman ! Décomplexée, je me mis à chanter à tue-tête, hilare, debout sur ma chaise, emplissant l'espace désert de la bonne nouvelle.

« Qu'est-ce qui t'arrive ? » lança soudain une jeune journaliste qui venait d'entrer, amusée de me voir ainsi perchée. Je rougis jusqu'aux oreilles et bafouillai une explication de circonstance, prenant conscience que la discrétion devait rester de mise vis-à-vis de ma hiérarchie. Une femme en CDD et enceinte n'est jamais bien vue au royaume de la pige :

« Je viens d'apprendre une excellente nouvelle concernant une amie.

— Ben dis donc, c'est une très bonne copine alors !

— Oui c'est ma meilleure amie », mentis-je aussi bien que je le pouvais en baissant les yeux.

Puis je m'esquivai rapidement pour passer un coup de fil et annoncer la nouvelle à mes proches.

J'avais attendu mon retour de mission pour faire directement la surprise à Paul. Un soir que nous étions tous les deux assis sur le canapé brun de notre salon, je me lançai :

« Paul, j'ai quelque chose à te dire... je ne sais pas comment tu vas réagir... » Il me regarda l'air étonné :

« Que se passe-t-il ?

— J'attends un bébé ! »

Son visage, soucieux quelques secondes auparavant, s'illumina tout à coup, radieux. Il me souleva de terre, ivre de joie, et me fit tournoyer dans les airs pendant plusieurs secondes : « C'est le plus beau jour de ma vie ! Merci, Stéphanie ! Tu me fais là le plus beau des cadeaux ! Je sais que tu es la femme de ma vie. Je t'aime ! » J'étais chavirée, transportée de bonheur.

Un an et demi auparavant, un soir du mois de septembre, j'allais quitter le bureau quand mon téléphone sonna : « Veux-tu venir dîner à la maison ce soir ? » me chanta un timbre maternel bien connu. « Nicole est de passage à Paris et aimerait beaucoup te voir. » J'étais sur le point d'enfourcher ma Vespa noire et de réintégrer mes pénates sans envie de contrarier mes plans. Face à mon silence fourbu à l'autre bout du fil, ma mère insista : « Allez ! Tu n'auras pas à faire la cuisine ! » L'idée plaisante de m'épargner un énième plat surgelé acheva de me convaincre.

Elle vivait alors avec son conjoint dans un appartement spacieux du 16e arrondissement doté d'une vue imprenable sur l'hippodrome d'Auteuil qui surplombait un joli square. Une collection de meubles anciens accentuait l'atmosphère un peu désuète du lieu.

Ma mère ouvrit la porte tout sourire, vêtue d'un immense tablier blanc maculé de sauce tomate. Comme à son habitude, elle surveillait simultanément trois feux sous différentes casseroles, un téléphone greffé à l'oreille. Ma mère était la reine du multitâche et, pour une fois, son plat principal n'avait pas brûlé !

À 20 heures, la sonnette retentit. « Mais tu attends d'autres personnes ? Tu m'avais dit que nous étions en famille ! »

Elle s'en fut, arborant un sourire mystérieux et revint en présence d'un trentenaire blond inconnu et de Marguerite, l'une de ses amies. Celle-ci entra dans un tourbillon de paroles parfumées au patchouli : brushing impeccable, jolie et snob, elle portait une robe rouge et de hauts talons noirs : « Ah ma chériiie ! Comment vas-tu ? crissa-t-elle en m'embrassant rapidement, mais qu'est-ce que c'est que cette tenue en jeans et baskets ? Ah non ! Tu vas me faire le plaisir de changer tout ça ! »

Je revenais de tournage ; je n'étais ni coiffée ni maquillée et portais ma tenue de terrain habituelle. Contrariée par cet imprévu, je cherchais une issue de secours, mais rien ne me vint à l'esprit.

« Paul de Dunes-Sayon », me lança l'homme derrière elle. Il portait un costume sombre et une cravate de soie carmin. Il était grand, élégant, le regard turquoise teinté de sérieux. Je me demandai ce qu'il faisait accompagné d'une amie de ma mère !

« C'est tout un programme, dites donc ! » lui répondis-je bêtement, affichant un sourire de circonstance. Sa rigueur de façade me mettait mal à l'aise et la situation m'agaçait.

« Je vous demande pardon ? me dit-il, visiblement pris au dépourvu.

— C'est tout un programme, votre nom ! insistai-je en riant face à son attitude si guindée.

— C'est juste mon nom, souffla-t-il offusqué.

— Je voulais simplement dire que votre nom est impressionnant ! » dis-je en me radoucissant et espérant fendre l'armure de glace qui me regardait d'un air interrogatif.

Tout à coup, mon portable vibra et me permit de m'extirper de cette situation embarrassante. Quand je réapparus, tout le monde passait à table. Marguerite nous expliqua que Paul arrivait du sud de la France, ne connaissait encore personne, travaillait comme un fou depuis qu'il vivait à Paris et avait peu d'occasions de sortir. Ce qu'elle disait m'importait peu, j'étais alors en grande conversation avec notre cousine que je n'avais pas vue depuis un moment.

Curieuse, j'observais Paul du coin de l'œil tandis qu'il parlait à sa voisine de table : le verbe haut, l'allure fière sans être vraiment hautain mais avec une certaine réserve, il échangeait sur à peu près n'importe quel sujet avec une aisance déconcertante et une culture générale aussi étendue que la variété des thèmes abordés. Il semblait rompu à ce genre d'exercice social, dissertant aussi bien sur les techniques de pêche à la mouche que sur la politique économique internationale.

Son extrême politesse, un peu surannée, tranchait avec un tempérament curieux de tout qui s'exprimait par un flux de paroles incessant, mais d'une certaine manière rassurant pour la timide que j'étais. Il avait l'air sympathique, je devais bien le reconnaître, même s'il m'agaçait un peu sur le moment.

Durant le dîner, je fus interpellée par sa conversation et sa culture et, assouvissant ma curiosité naturelle, je lui posai de nombreuses questions. Son sens de l'humour détonnait avec son allure « classique ».

Le surlendemain, il m'invita à bruncher au musée Jacquemart-André, à ma grande surprise. Je partis à sa rencontre sous une pluie battante, l'esprit ouvert, curieuse, sans aucune arrière-pensée. J'étais à des années-lumière de l'envie de me « caser » après que j'eus côtoyé trois mois auparavant un sacré spécimen.

J'arrivai, les pieds humides jusqu'aux chaussettes, et trouvai les portes closes ! Personne ! Le comble ! J'allais partir quand j'entendis une voix derrière moi qui me hélait : « Stéphanie ! Attendez ! » Je me retournai et distinguai au loin une silhouette beige qui courait sous la pluie battante sans parapluie. Il arriva haletant, trempé, une longue mèche de cheveux imbibée dégouttant devant son regard catastrophé. « Je suis désolé ! Le trafic parisien, vous savez ce que c'est ! » Il parut plus dépité encore devant l'édifice fermé…

« Euh, allons marcher, je crois qu'il y a un restaurant un peu plus loin ! Cela vous va ? » Au bout d'une heure de marche sous le grisâtre déversoir parisien, nous arrivâmes enfin au marché Saint-Honoré, dégoulinants et frigorifiés. Je m'amusais intérieurement de ce premier rendez-vous pour le moins atypique.

Nous étions bien au chaud, à déguster un chocolat accompagné de croissants, et les trois heures passées ensemble filèrent en un clin d'œil, à mon grand étonnement. Il parlait beaucoup, s'interrompait, me posait quelques questions et embrayait à nouveau sur le sujet dont il traitait, exposant ses vues et ses nombreuses connaissances en la matière. Son avidité de savoir n'avait d'égale que son envie de partager tout ce sur quoi il s'était documenté, ou ce qu'il était en train de lire. Pendant qu'il s'animait à propos de René Girard, j'eus tout le loisir de le contempler : souriant, il avait un beau regard d'un bleu turquoise et profond, un air débonnaire souligné par une lèvre inférieure généreuse, des mains charnues et une carrure qui n'avait rien à envier aux joueurs de rugby ! Le temps s'écoulait facilement à ses côtés. Tout semblait simple et fluide pour la première fois de ma vie, bien loin des habituelles tempêtes impétueuses où je devais tenir la barre fermement ou éviter les écueils. Notre rencontre me faisait bien plus penser à une croisière sur une mer d'huile, belle et tranquille.

C'est à ma soirée d'anniversaire arrosée, quelques mois plus tard, que notre histoire commença. On emménagea ensemble et, lorsque je fus enceinte, il me demanda en mariage (ce qui me terrifia sur le moment) : « Tu es quand même la seule femme que je connaisse qui pense que le mariage est plus engageant que de faire un enfant ! » Il sut trouver les bons arguments pour calmer ma frousse d'un contrat matrimonial, et une date fut choisie pour la célébration.

Ma robe de mariée était rouge. En soie sauvage, très belle, d'un rubis éclatant. C'est un styliste marseillais situé en haut de la Canebière qui me l'avait confectionnée en urgence, après avoir récupéré le tissu acheté au marché Saint-Pierre à Paris quinze jours avant la cérémonie. Une aubaine de dernière minute, car tous les magasins spécialisés visités depuis des mois me désespéraient par leur classicisme : en vitrine ou à l'intérieur, des modèles

« meringues » parfaits pour des ingénues étaient exposés. Or il me semblait absurde de convoler dans la couleur de l'Immaculée Conception, vu l'âge et le vécu que j'avais !

C'était *ma* journée, et je voulais faire ce qui *me* plaisait. Je m'étais inspirée des toilettes en soie des impératrices hiératiques de la dynastie Ming : une robe longue, légèrement fendue au-dessus du genou, fermée en portefeuille pour laisser mon ventre s'arrondir, un col amidonné et droit remontant jusqu'à la naissance des mâchoires, le tout surplombé d'un chignon piqué de trois orchidées blanches. Une pointe d'exotisme dans un décor historique… Pourquoi pas ? ! J'avais toujours aimé associer les contrastes, sans doute à cause de mon enfance passée à Tahiti. Le fort et le doux, le froid et le chaud, le clair et l'obscur, le moderne et l'ancien… une palette de contradictions semblable à l'âme humaine, unies dans un même lieu.

La cérémonie se déroula dans un magnifique château médiéval à flanc de colline, chargé de plus de mille ans d'histoire familiale. Ma mère, atterrée par mon choix de robe peu classique, craignait une réaction négative de la partie adverse et s'était évertuée à me faire entrer dans le moule de la mariée… en vain… ce n'était pas le mien. À son grand étonnement, ma belle-famille n'y attacha aucune importance, au contraire.

Cet épisode fut immortalisé par hasard dans un documentaire télévisé, prévu bien avant notre mariage et consacré à la difficulté de transmission du patrimoine familial en général. Les collègues qui m'avaient aperçue à l'écran ne cessaient de m'appeler pour me féliciter, ou me chambrer gentiment. J'étais heureuse, j'avais l'impression de vivre un conte de fées, c'était si simple, si beau... de manière presque caricaturale.

Dans la petite église romane en pierre ocre au pied de la colline collée à la forteresse, les invités s'étaient rassemblés, serrés les uns contre les autres dans les travées de chêne. On attendait le prêtre, qui venait d'un village voisin et nous avait été tout spécialement recommandé par une amie de ma mère spécialiste en bondieuseries, car je n'avais jamais été très croyante. L'attente se prolongeait, l'impatience guettait. Les enfants en bas âge braillaient entre les bancs en bois, les adultes devisaient en riant pour rompre l'ennui. Des fresques fatiguées par les ans ornaient les murs et, en face de nous, au premier rang, deux statues représentant des saints liés à la famille trônaient, semblant nous regarder. Le retard s'accumulait... Le prêtre n'était toujours pas là. Je l'appelai, et il m'expliqua, décontracté, qu'il s'était égaré en rase campagne. Une heure et demie plus tard, il arriva dans sa petite Citroën bleue, enfila rapidement sa chasuble et l'office put enfin commencer. Debout derrière l'autel recouvert d'un linge blanc, il salua d'abord l'assemblée puis, braquant son regard sur Paul et moi, il interrogea à haute voix :

« Pourquoi se marie-t-on aujourd'hui ? C'est une bonne question ! » Il marqua une pause en regardant l'assemblée, et reprit : « Je vous répondrai franchement : je ne sais pas ! Honnêtement… je n'en sais rien ! » martela-t-il.

Quelle étonnante entrée en matière ! Silence pesant dans la nef. Je souris, amusée par ce prêtre atypique. Il me faisait penser à Mister Bean. Petit, râblé, les cheveux bruns, sa chasuble semblant trop vaste pour son corps frêle. Il entama alors un long discours très théologique, il gesticulait pour appuyer ses propos. Ses mains cognaient parfois le microphone mal fixé sur le trépied devant lui, qui dessinait alors des cercles dans les airs. Imperturbable, il rattrapait le micro au vol, reprenant le fil de sa pensée, exactement là où il avait coupé la phrase, feignant de ne pas entendre le larsen dans les haut-parleurs fixés aux murs. Une gêne évidente régnait dans l'église. Mon beau-père, qui s'apprêtait à servir la messe, s'approcha en génuflexion tout près de l'estrade et manqua de recevoir le micro en pleine tête. Je tentai tant bien que mal de garder mon sérieux, et le reste de la messe fut ainsi teinté de rires étouffés ou de soupirs offusqués.

Après l'office, une réception était organisée dans la cour d'honneur de gravier blanc, devant l'entrée principale du vieux château. Petits-fours et coupes de champagne défilèrent sur des plateaux en argent portés par des serveurs en livrée et gants beurre frais, et l'on dansa jusqu'au petit matin des rocks endiablés.

Toute ma grossesse fut une traversée fluide et très gaie : je glissai d'une rive à une autre, d'un état à un autre, voluptueusement, neuf mois durant, avec une idée vague de son aboutissement, me représentant presque l'idéal agréable qu'on nous vend dans toutes les revues ou sur tous les réseaux sociaux occidentaux : un bonheur total, à la taille fine et aux dents blanches, l'illustration de *la* femme accomplie dans tous les domaines de sa vie et arborant un poupon joufflu et éclatant de santé.

À mesure de ma métamorphose physique et psychologique, je passais subtilement du statut de fille de ma mère à celui de mère de ma fille, abandonnant les derniers reliquats de l'enfance insouciante pour assumer la responsabilité d'un être totalement dépendant de moi pour survivre. La félicité, je la pressentais déjà, là, en moi… au bout du chemin… J'étais alors bien loin d'imaginer l'univers dans lequel j'allais brutalement basculer, qui me propulserait à tout jamais dans un monde « adulte », si proche de l'essence même de la vie et de la mort.

Durant cette attente épanouie, nous avons profité, beaucoup, célébré, souvent, et voyagé partout. En Crète, peu de temps avant la naissance de Lou. Je me souviens de cette sensation physique d'osmose parfaite avec la nature en m'immergeant dans la mer Égée, ondulant à grandes brasses, libérée de toute pesanteur, mon bébé en gestation, chacune baignant dans son eau relaxante. Le bonheur se lisait sur nos visages amoureux, sous le soleil grec, avec pour seul horizon, notre merveille. J'expérimentais la simplicité de la plénitude, celle qu'un seul mot ferait s'évanouir.

Pour préparer son petit nid, nous organisions avec ma mère des missions « shopping de filles » les après-midi… sillonnant les unes après les autres les boutiques pour bébés et futures mamans aux vitrines alléchantes et fournies : on hésitait, gâteuses devant telle ou telle layette, les petits bodys trop mimis couleur pastel, les berceaux à bascule en bois clair, les couffins tressés et leur mini-couette, les décorations pour bébés filles… Et l'achat indispensable de pantalons élastiques pratiques pour caser mes quinze kilos de ventre, ou une jolie robe d'été en soie Liberty bleue pour tenter de rendre un cachalot sexy, ou bien encore les tire-lait et autres babioles commerciales si jouissives… Lou était attendue comme le Messie.

Le bébé s'annonçait gros. Très gros. Mais aucune césarienne n'était programmée car mon bassin semblait suffisamment large. Je n'avais qu'une hâte : découvrir son minois, même si je l'avais déjà imaginé durant ces mois d'attente.

Les grands-mères piaffaient d'impatience. Ma belle-mère en particulier, qui m'avait avoué peu de temps après l'annonce de ma grossesse avoir toujours désiré une fille. Résultat : quatre garçons en cinq ans… ! La mort dans l'âme, elle avait renoncé au cinquième, s'étant convaincue qu'elle ne savait concevoir que des mâles. C'est dire si ma grossesse avait été surinvestie dès le départ. Mon père était aux anges, ma mère aussi, même si elle voyageait souvent depuis sa retraite dorée et bien méritée. Elle s'apprêtait à embarquer pour naviguer en Patagonie lors d'une expédition en voilier à deux mois de mon terme – que j'appréhendais.

Lou était prévue initialement fin décembre ou début janvier 2008, comme un merveilleux cadeau de Noël… Le 2 janvier, elle ne semblait pas du tout disposée à naître. La sage-femme de la maternité m'avait informée après le monitoring que le bébé était encore placé très haut. Rien ne laissait supposer le moindre début de travail. Elle me rassura et me conseilla de rentrer chez moi.

Je m'activai alors de toutes les manières possibles pour déclencher la mise au monde et piquai un sprint dans le jardin public près de chez ma mère ; je sautai à la corde sous les yeux médusés des passants dans l'espoir de faire descendre le bébé. Sans succès.

Les échographies quotidiennes se succédaient, rassurantes. Et toujours la même réponse : « Elle est en pleine forme ! »

Cependant à J + 5 du terme, le maximum autorisé à l'époque, on finit par déclencher artificiellement mon accouchement.

Chapitre 3

Ce 7 janvier 2008, il faisait très doux. Le soleil d'hiver scintillait à travers les nuages filandreux du ciel parisien. Il régnait une ambiance printanière et paisible. Ma journée s'annonçait radieuse. J'arrivais enthousiaste à huit heures du matin, accompagnée par mon mari, ma mère, à peine rentrée d'Amérique du Sud, et la future marraine de Lou, Nicole, tout juste débarquée de Marseille. Mon obstétricienne, qui consultait sur place, m'avait chaudement recommandé cet établissement de niveau trois.

Je me sentais sereine, gaie, malgré une petite pointe d'inquiétude face à l'inconnu de l'accouchement. Ma mère m'avait ramené deux petits bonnets en laine d'alpaga qu'elle avait tricotés sur le bateau, entre la Patagonie et la Terre de Feu, les bourrasques et les tempêtes, les quarts et les corvées de ménage à bord du voilier qu'elle avait convoyé avec son conjoint.

Les murs de la salle de « pré-partum » étaient gris et l'aménagement minimaliste : quelques chaises inclinables et des paravents mobiles me séparaient des autres futures mères.

Une pile de magazines « people » sous un bras, une compilation de jazz sous l'autre, je m'installai dans un coin pour bouquiner et écouter de la musique. Toute ma grossesse avait été bercée par la bossa-nova et *The Girl from Ipanema* par Stan Getz en particulier. Le soir, je me la passais en boucle en imaginant cette jeune Brésilienne déambuler, et quand Lou s'agitait trop, je lui posais délicatement mon casque audio sur le ventre. La magie du saxophone sensuel de Getz associé à la tessiture chaude d'Astrud Gilberto nous plongeait alors toutes deux dans un calme immédiat. La fille d'Ipanema, c'était Lou. Je la voyais, jeune fille rayonnante, se balancer en un rythme chaloupé sur la fameuse plage de sable blanc de Rio de Janeiro.

La jeune infirmière posa un cathéter sur ma main et lança la perfusion d'ocytocine pour créer les contractions artificielles. Peu à peu une onde régulière se dessina sur mon énorme ventre, sans aucune douleur. C'était jubilatoire. Ma mère et ma cousine me faisaient de petits coucous par la fenêtre qui donnait sur le rez-de-jardin de la maternité. Vers midi, je resquillai un petit sandwich à la barbe des sages-femmes, car la faim me tenaillait.

Les heures s'égrenaient… si longues…

« Alors ? me demandait ma famille.

— Rien.

— Alors ? me demanda la soignante l'après-midi. La poche des eaux s'est-elle rompue ?

— Non ! Toujours rien ! » déplorai-je, trois sages-femmes plus tard, un peu découragée.

Soudain, un cri bestial me glaça le sang.

« Aaah ! Connasses ! Salopes ! Laissez-moiii sortir ! Arrêtez ! Lâchez-moi ! Lâchez-moi ! » hurla une femme à travers la cloison mitoyenne. J'en avais froid dans le dos... et un sentiment diffus d'être dans l'antichambre du docteur Mengele... Je n'avais plus aucune envie de passer de l'autre côté du mur, moi ! Paul tenta de me rassurer. Je demandai benoîtement à la blouse rose qui passait :

« Il y a un problème à côté ?

— Ah ! la dame là ? ! Mais non, pas du tout ! Cela s'est très bien passé au contraire ! La maman est ravie de son accouchement ! Elle n'a simplement pas eu le temps de recevoir de péridurale, c'est tout ! » me répondit-elle, très décontractée, en disparaissant dans un sourire.

J'ouvrais des yeux ronds, espérant secrètement recevoir la mienne à temps ! Mais il fallait auparavant attendre le sésame : le col de l'utérus ouvert à dix. Or, le mien était encore à zéro ! À cet instant j'avais envie de partir... loin... très loin.

Enfin, à minuit, la poche des eaux se rompit, et l'espoir brilla. J'allais accoucher ! Mais le col, lui, restait toujours stoïque.

Interminable accouchement... Pourquoi ne pratiquèrent-ils pas une césarienne ? La réponse était toujours la même : « Le bébé va bien, madame.

Elle ne bradycarde pas du tout. Il n'y a pas de raison de procéder à une intervention chirurgicale. » Cela faisait pourtant vingt-quatre heures.

Puis l'équipe du matin arriva. Une nouvelle sage-femme fraîchement rentrée d'Angleterre eut l'idée brillante de me faire passer en position latérale, réputée plus efficace en Grande-Bretagne.

En vingt minutes, le col s'ouvrit. Franchement ! Pourquoi ne pas y avoir pensé avant ?

« Ça y est ! lançai-je enthousiaste.

— Ah ! C'est pas fini, madame ! me découragea la nouvelle venue. Maintenant, le bébé doit s'engager dans le bassin et commencer sa reptation vers la vie aérienne, vers la sortie. »

Après plus de vingt-huit heures hospitalisée, je me demandais si Lou ne serait pas aussi fatiguée que moi.

Le 8 janvier, à 13 h 45, l'obstétricien, le docteur R., fit son entrée et relaya les sages-femmes. Je n'en pouvais plus. J'étais épuisée par ma nuit blanche et les contractions incessantes depuis la veille. Je n'avais plus aucune énergie.

Il entama alors une conversation de salon tandis que j'étais encore les quatre fers en l'air :

« Bonjour, madame ! Ça va ? (*Ben oui, super comme vous le voyez ! grinçai-je intérieurement.*) Alors, j'ai vu que vous étiez journaliste à la télévision. Dans quel domaine précisément ? Quels sujets traitez-vous ?

— Euh… un peu de tout, répondis-je embarrassée, ne sachant pas à quelle partie de mon anatomie il s'adressait.

— Ah oui ? mais c'est génial ça ! Allez-y ! Poussez ! Et vous avez rencontré des gens connus ? »

La situation était ubuesque : j'étais en train de mettre ma fille au monde et il me parlait de mon boulot et de mes confrères ! Au secours ! Je n'en pouvais plus !

Après une autre poussée insuffisante, tout alla très vite : forceps, épisiotomie…

14 h 08 : « … *Pfuitt* », fut son cri primaire… une simple respiration sourde, encombrée… des bulles transparentes sortaient de ses petites narines.

« Est-ce normal ? demandai-je immédiatement, alertée par l'absence de cri.

— Elle a bu la tasse ! » répondit une sage-femme aux cheveux gris d'un ton rassurant. Elle semblait plus expérimentée que les autres et me déposa brièvement ma fille sur la poitrine.

Peu de mots peuvent traduire l'instant extraordinaire que vit une femme qui devient mère : sidération et immense bonheur seraient peut-être les plus approchants. Oui, j'étais sidérée par cette enfant sortie des eaux si parfaite. Je rencontrais ma Lou. Et quelle rencontre !

J'admirais la perfection de ses traits fins, ses pommettes hautes et saillantes effilant ses yeux en amande. Elle est typée comme une Péruvienne des hauts plateaux andins, avais-je pensé. Un beau nouveau-né de trois kilos neuf cents, tout en rondeur. Son souffle court réchauffait mon cou, je ressentais sa peau contre la mienne, sa chaleur, et ce lien animal instinctif fut immédiat. Je l'ai aimée dès notre premier regard. Lou semblait elle aussi bien fatiguée par ce si long voyage vers la vie.

« Bienvenue au monde, ma chérie ! Tu es si belle ! » lui dis-je, transportée et émerveillée. Mon époux assis à mes côtés pleurait de joie en silence, étreint par une émotion trop forte. À peine eus-je le temps de profiter de ces quelques secondes de bonheur et de répit qu'on me la reprit. Il fallait aspirer le liquide amniotique qu'elle avait « bu ». La sage-femme qui avait procédé à sa toilette et évalué ses réflexes Apgar – notés parfaits – partit avec elle dans les bras, accompagnée de mon mari. Un sentiment de fierté mêlé d'inquiétude m'étreignit en les voyant franchir le seuil de la porte. Je suppliai Paul de parler à Lou sans cesse pour la rassurer, tenter de remplacer ma présence charnelle par un flot de paroles tendres en continu. Elle me manquait déjà.

C'est à ce moment-là qu'un troupeau d'étudiants en blouse blanche fit irruption dans la chambre. Sans un mot. Ni « bonjour » ni « désolés de vous déranger, madame ». Alors que j'étais toujours l'intimité au vent, les pieds enfoncés dans les étriers métalliques du brancard après plus d'une journée de « travail », ça discutait, ça faisait des commentaires sur ma physionomie exposée en vitrine, comme si personne ne se trouvait au bout de ces hanches ! J'avais la désagréable sensation d'être une génisse venant de vêler à l'étable face à des vétérinaires.

Je découvris, furieuse et en direct, les inconvénients de l'insupportable univers surmédicalisé, où l'humain devenait secondaire par rapport à la biologie. La plomberie opposée à l'empathie. Pas de médecine holistique. Seules les sages-femmes avaient fait preuve de réelle humanité. Certains médecins devraient au passage largement s'en inspirer...

Un jeune externe à lunettes, timide, s'avança vers moi, s'excusant du bout des lèvres, pour m'expliquer qu'il fallait me recoudre. Il s'assit sur un tabouret et commença son ouvrage sous l'égide d'une experte en couture, la trentaine à queue-de-cheval. Ils échangeaient tous deux comme si j'étais transparente. Elle dissertait sur la taille du point pendant qu'il plantait l'aiguille ensanglantée dans mes chairs anesthésiées derrière le champ de papier vert. J'observais le mouvement de va-et-vient sans ressentir aucune douleur, effectivement déconnectée de mon corps. C'était une étrange sensation, un peu schizophrénique, mais intérieurement je fulminais.

« Ça va ? Je ne vous gêne pas ? » finis-je par éclater, ulcérée et humiliée.

Il était près de quatre heures de l'après-midi et je n'avais aucune nouvelle. À nouveau l'attente.

Que se passait-il ? Pourquoi personne ne venait me voir ?

« Lou a été placée en couveuse dans le service de néonatalogie », finit par m'informer une infirmière qui pointa le bout de son nez par la porte entrebaillée.

« On va la surveiller pendant quarante-huit heures, le temps que le liquide amniotique se dissipe. Vous pourrez ensuite rentrer chez vous. » Rentrer à la maison ! Enfin ! Cette perspective me soulagea tout à fait. On allait pouvoir investir sa petite chambre décorée des jolies poupées japonaises que j'avais spécialement choisies pour elle, étrenner le mobile à musique en peluche offert par sa marraine.

En attendant, j'avais du mal à imaginer ce gros poupon au milieu des prématurés de huit cents grammes. Je l'avais vue le temps d'un battement de cils, et je sentis soudain un besoin viscéral de la voir, immédiatement, de la toucher, de lui parler, de l'aimer.

Tout juste recousue et contre l'avis du personnel médical, je me levai de mon lit de travail pour la rejoindre. Dans les longs couloirs éclairés aux néons blafards de la maternité, je me déplaçais lentement, avec une drôle de démarche, comme si je chevauchais un tonneau, ou comme un cow-boy ayant perdu sa monture, pensai-je pour me détendre. La péridurale m'engourdissait encore les jambes, mais une énergie me poussait, comme un appel irrésistible, pour la voir malgré mon état physique.

Derrière les lourds battants blancs que je poussai, surgit une étendue de bulles en plastique, où de minuscules êtres humains, nus, reposaient, en lutte pour leur survie. C'était irréel. Certains baignaient dans une lumière bleutée, comme dans une cabine de bronzage, pour traiter un « ictère » ou jaunisse. Ils portaient des mini-lunettes de soleil pour protéger leurs yeux, ce qui produisait un effet surréaliste. Des gants en caoutchouc pendaient tristement de chaque côté des couveuses, des fils colorés sortaient partout de leurs corps si frêles pour monitorer leur cœur, leurs poumons, etc. Quelle vision hors normes et effrayante à la fois !

Je m'arrêtai devant un bébé juste devant moi et m'extasiai. L'infirmière, occupée à replacer une sonde nourricière dans la narine d'un poupon, me fit observer que Lou dormait deux lits plus loin… ! Quoi de plus ressemblant que deux nouveau-nés pour une mère novice !

Ma fille reposait dans sa couveuse chauffée, si dodue et longue qu'elle en touchait presque les rebords avec ses 53 cm, recouverte de fils collés partout sur son thorax par des patchs, avec nounours bleus dessinés comme pour embellir le spectacle affligeant de l'hospitalisation… Je la dévorais des yeux, m'attardais sur les détails de son anatomie parfaite… une magnifique princesse replète qui se distinguait clairement des autres encore en gestation. L'air calme, elle récupérait après cette si longue traversée vers la vie.

Derrière la frontière de plexiglass, je me cantonnai à la caresser du regard à défaut de pouvoir le faire en vrai, et m'imaginai lui tisser un joli berceau avec des mots d'amour qui me rassuraient aussi…

Les jeunes puéricultrices me pressaient toutes les demi-heures de retourner dans ma chambre à l'étage du dessus, pour me reposer. Il semblait évident que je les gênais. D'un regard circulaire, je remarquai que j'étais l'unique mère présente dans leur service. Ces femmes, très jeunes pour la plupart, officiaient seules dans cet inframonde glacial que je trouvai décidément sinistre.

« Pas question ! » pensai-je. Ma place est auprès d'elle.

Quand elles acceptèrent le fait que je ne la quitterais pas, elles traînèrent pour moi un vieux fauteuil en Skaï râpé inclinable où je pus m'installer confortablement avec une couverture pour dormir. Jour et nuit, j'étais au chevet de Lou, faisant quelques pauses – quand elle dormait – dans ma chambre au berceau resté vide.

La famille prévenue le jour de la naissance était venue en grande pompe. Nos plus proches s'étaient réunis dans la salle d'attente, où mon mari distillait les informations heure par heure sur l'évolution de la situation, les laissant perplexes. Moi, j'étais encore sur mon petit nuage.

J'avais appelé mes amis pour partager mon nouveau bonheur. Une consœur journaliste m'invita à célébrer la belle nouvelle à Pigalle à peine quarante-huit heures plus tard.

« Mais Léa, je viens d'accoucher ! répondis-je stupéfaite. Je ne sais même pas quand je vais sortir. Lou est en néonatalogie et sous surveillance. »

J'étais encore secouée physiquement et émotionnellement par le déroulement des derniers jours et Léa semblait ne pas me comprendre, insistait : « Viens demain alors, Steph ! on va fêter ça toutes ensemble ! »

Ma vie venait de prendre un virage vertigineux et je sentais que dix mille lieues nous séparaient désormais. J'avais bien sûr très envie de rejoindre mes amis, comme je l'aurais fait encore quelque temps auparavant, mais en devenant mère, ma perspective avait changé du jour au lendemain : le besoin de rester auprès de ma petite passait avant tout. Je m'étais décentrée à la seconde où la sage-femme l'avait posée sur moi, dès le contact de sa peau contre la mienne. Dès nos premiers regards enlacés, je l'avais aimée.

« Non, c'est impossible », répondis-je, ignorant encore que ce changement, si naturel, constituerait franche fracture d'avec ma vie d'« avant ».

Pour des questions évidentes d'hygiène et de limitation de microbes, nous étions les seuls, mon mari et moi, « autorisés » à visiter Lou en néonatalogie.

Je tentai de l'allaiter mais elle se fatiguait vite. On me recommanda alors de tirer mon lait car il lui était plus facile de prendre les biberons que le sein.

Ma belle-mère, qui avait fait le déplacement depuis le sud de la France exprès, semblait ne pas l'entendre de cette oreille et insistait lourdement pour voir Lou. Elle tenta vainement de négocier une dérogation auprès de l'infirmière du service et j'intervins à mon tour pour tenter de la raisonner, sans succès.

Finalement, prise de pitié pour nous, la puéricultrice eut l'idée de la lui montrer à travers la vitre d'un bureau qui donnait juste sur le berceau de Lou. Derrière la cloison transparente qui nous séparait, elle afficha un grand sourire, si déconnecté de la réalité que nous traversions qu'à cet instant précis, je ne pus m'empêcher d'y voir une symbolique de l'irréconciliable : deux mondes parallèles, si proches et si loin à la fois, se côtoyaient tout en étant irrémédiablement disjoints. Celui du dedans, fait d'incertitude, de stress et de fatigue, celui de dehors, individuel, joyeux et déconnecté du réel de notre enfant.

Il faut dire que l'univers hospitalier aseptisé fut une épreuve pour nous et pour Lou en particulier, puisque j'étais encore en osmose avec elle : pendant les heures qui suivirent sa naissance, elle subit nombre de prises de sang, toutes les deux heures environ, sans répit, douloureuses. Il fallait aussi vérifier sa respiration, s'assurer que l'eau se résorbait normalement dans ses poumons par des radiographies contraignantes, des échographies…

À ses côtés, j'assistai à tout cela sans rien pouvoir faire, sinon lui dire mon amour de mère : ils piquaient et repiquaient sa menotte potelée qui bleuissait, à force… Je lui chantais des berceuses, lui caressais le front, tentant de donner du sens à ce qu'elle ressentait physiquement… De manière surprenante et sans penser à se coordonner, les médecins revenaient lui planter une nouvelle aiguille pour tel ou tel bilan différent du précédent. Quand j'attirai l'attention sur cet état de fait, on me répondit : « on réfléchit au fur et à mesure » ! Les gazométries étaient les plus douloureuses : l'examen consistait à prélever le sang dans l'artère à l'intérieur du poignet, là où la peau est très fine. Les infirmières m'avaient prévenue, et malgré le sucre que je lui versais goutte à goutte dans la bouche, censé la calmer (un antalgique supposé profond pour les tout-petits), Lou finissait en hurlements.

Totalement novice et ayant toujours eu une bonne santé, je découvrais les arcanes du service hospitalier français et notamment l'existence du cathéter ! Il semblait y avoir un certain nombre de ratés de coordination entre les équipes et je constatai amèrement que ma fille souffrait inutilement par un simple manque de communication !

Ce n'est que quarante-huit heures plus tard qu'ils pensèrent à lui poser un mini-cathéter dans la veine de la main pour lui prélever du sang depuis l'embout et installèrent de petites « lunettes » à oxygène dans son nez, estimant sa saturation trop basse.

J'étais éprouvée. Dépassée par ces trois jours. Les médecins nous expliquaient rechercher l'origine du liquide dans ses poumons. Lou dormait beaucoup et avait des moments d'éveil surtout lors des investigations. Mon grand-père, qui était pédiatre, les avait appelés et avait insisté pour demander une échographie cardiaque car il suspectait un problème au cœur. Il s'était même expliqué vertement avec une doctoresse polonaise qui l'avait rembarré sèchement, lui conseillant de profiter de sa retraite… Et pourtant, c'est lui qui avait raison.

Devoir assister au spectacle douloureux de la souffrance de Lou me devint rapidement insupportable lors des examens. J'avais l'impression qu'on m'éviscérait dès qu'elle pleurait, ce qui arrivait trop fréquemment. Je prenais sur moi et m'efforçais de ne regarder qu'elle, et non la froideur du geste mécanique, en la réchauffant de mon amour… Je me disais que mes mots doux telle une pensée magique auraient le pouvoir d'atténuer les maux qu'on lui infligeait ; je lui versais mon amour en pansement. Il arrivait très fréquemment que les infirmières la réveillent, ou des internes, alors qu'elle venait enfin de sombrer pendant un court moment de répit, tranquille, pour encore et toujours pratiquer des investigations ou des vérifications.

C'est pour une énième radiographie pulmonaire que j'eus la vision bouleversante et terrifiante de ma petite Lou momifiée : ils l'avaient positionnée les bras en croix sur un support de métal, entièrement saucissonnée par des bandelettes tissées, entravée physiquement des pieds à la tête, scotchée. Elle était si effrayée qu'elle s'époumonait de toutes ses forces, la bouche grande ouverte. Les infirmiers indifférents papotaient, ne semblant pas se soucier d'elle ni de ses cris d'inconfort. Et plus elle donnait de la voix, plus la radio bougeait et devenait illisible, plus il fallait recommencer... Je leur proposai de la tenir, mais ils refusèrent, « c'est le protocole ». Alors je me contentai de la calmer avec plus ou moins de succès, enrageant de frustration.

Ce jour-là, ne comprenant toujours pas pourquoi l'image du poumon restait avec du liquide à la radiographie, ils décidèrent alors de l'hospitaliser.

Paul et moi étions dubitatifs. Nous ne comprenions pas très bien. Savaient-ils ce qu'ils faisaient ? Personne ne semblait savoir ce qu'il se passait ! Je n'avais qu'une hâte, qu'ils posent enfin ce fichu diagnostic !

Un étrange sentiment de flottement général se diffusait dans le service, ce qui n'était guère rassurant. Un médecin aux cheveux gris et aux yeux clairs la posa assise un matin devant lui en soutenant sa tête après l'avoir auscultée et, l'air interrogateur, demanda à haute voix : « Mais qu'est-ce qu'il a ce petit bébé ? » J'étais abasourdie.

Une des médecins de l'équipe, celle-là même qui avait renvoyé mon cher grand-père à son statut de pédiatre retraité, suivait Lou et se posait la même question. Pourquoi donc y avait-il encore du liquide dans ses poumons ? Nos médecins de famille et de ville continuaient d'appeler l'hôpital régulièrement et échangeaient avec l'équipe, proposant un transfert, mais les hospitaliers leur disaient maîtriser la situation. Mon obstétricien, de son côté, me rassurait aussi. Nous étions perdus, ne sachant plus à quel saint nous vouer, et chacun appelait ses amis ou collègues médecins, mais personne n'avait la même opinion sur le sujet... Cas compliqué ou incompétence ? Qui croire ? Que fallait-il faire ? Faire confiance ou pas ? La transférer ou non ? Pour faire quoi ? Recommencer à zéro tous les examens ?

Même notre famille, qui compte nombre de médecins, était partagée. Alors nous, qui n'y connaissions rien...

Cette question m'a hantée pendant des années. J'avais fait le choix précis de cette maternité réputée de très bon niveau ; et en dépit de tout, j'avais une foi totale en la force vitale de Lou. Probablement submergée par la vague hormonale liée à l'accouchement, je continuais de flotter au-dessus de tout et gérais ma peur.

Les jours filaient... Les médecins avaient écarté les hypothèses les plus graves à renfort d'examens du poumon et du cœur. Ils ne comprenaient rien, mais ils continuaient de s'acharner à rechercher la cause.

Et un soir, lors du relais de l'équipe médicale de nuit, j'entendis par hasard la voix énervée de cette doctoresse polonaise retentir par la porte entrebâillée du bureau des médecins. « Mais nous sommes dépassés ! martelait-elle à ses confrères. Il *faut* la transférer ! » Un débat animé s'ensuivit. « Mais non, il faut qu'elle reste ! » répondirent deux d'entre eux. Elle semblait à cet instant seule contre tous...

Le matin du sixième jour, on nous informa qu'ils avaient enfin décidé de conduire Lou dans un hôpital pédiatrique à 11 heures. Interdiction d'être à ses côtés durant le transport, c'était la règle, pour des questions d'assurance... Je regardai ma montre : 10 h 50. Les brancardiers allaient débarquer d'une minute à l'autre au service de néonatologie pour la charger sur son lit roulant. Il me semblait totalement inenvisageable de la quitter. Elle sortait de l'enceinte hospitalière pour la première fois, allait ressentir la morsure du froid de l'hiver sur sa peau, entendre la sirène hurler, sans moi... Que de nouvelles épreuves pour un petit bébé ! pensai-je alors. Je me hâtai dans le couloir, entrai dans le service à toute vitesse. Me rendant compte au même moment que j'avais oublié de me laver les mains, geste pourtant essentiel en milieu hospitalier, apercevant dans l'entrée un lavabo, je l'ouvris rapidement et commençai le long savonnage d'usage. Une femme en blouse blanche qui passait par là me jeta un regard noir et me lança sèchement à voix haute :

« Madame ! Les parents doivent se laver les mains dans le coin réservé, ici c'est le lavabo du personnel soignant. »

La brutalité cinglante de son injonction me sidéra et je commençai à bafouiller quelques mots d'excuses pour abréger :

« J'ai oublié... suis désolée ! Ma fille va être transférée d'un instant à l'autre.

— Non ! trancha-t-elle d'un ton autoritaire, vous retournez chez les parents ! Ici c'est réservé aux infirmières ! »

Hébétée par sa violence verbale à laquelle s'ajoutait la situation critique de Lou, je sentis mon visage s'empourprer brutalement et j'explosai d'une rage accumulée durant la semaine :

« Non mais ça va à la fin ! Je me suis excusée ! Que voulez-vous de plus ? ! Vous ne croyez pas qu'il y a des choses plus importantes dans la vie que de savoir si je me lave les mains ici ou dans le coin réservé aux parents ? ! Mon bébé est sur le point d'être transporté en ambulance ce matin ! Alors que je me lave ici ou là-bas, qu'est-ce que ça peut bien vous foutre ! »

Elle resta coite, terrassée. En tant qu'autorité du service, elle ne s'était sûrement pas attendue à se faire rembarrer de la sorte devant tous ses collègues qui observaient la scène sans un mot. L'atterrissage dut être brutal car, paradoxalement, ce fut elle la plus dévouée par la suite : elle s'assura personnellement que la petite ait bien une chambre individuelle dans le nouveau service qui allait l'accueillir, et me le signifia, comme pour s'excuser.

L'ambulancière et un de ses collègues arrivèrent vers midi pour brancarder Lou dans le véhicule. N'ayant pas le droit de l'accompagner, je devais m'y rendre par mes propres moyens. Cela me crevait le cœur de la laisser seule encore une fois. Alors, je leur expliquai le contexte, l'accouchement, la séparation, les atermoiements depuis une semaine, le transfert, et enfin je leur demandai si je pouvais rester avec elle.

Prise de compassion, la jeune ambulancière, sûrement maman, accepta de faire une exception pour moi, touchée par mon histoire. J'étais si soulagée ! Qu'est-ce que Lou pouvait bien comprendre de toute cette absurdité, ces séparations, de tout le mal qu'on lui faisait ? Elle n'avait pas de mots à sa disposition pour pouvoir saisir son environnement. De mon côté, j'avais fait le choix de mettre mon cerveau en veille… surtout ne pas réfléchir… agir, rien d'autre…

J'étais devenue son cerbère… le gardien de son intégrité psychique à défaut du physique… Les seuls moments où je pouvais la toucher étaient pour la consoler… La préserver le plus possible des souffrances extérieures était devenu mon unique objectif… Ainsi je ne songeais plus au brouillard sans fin qui nous avait happés depuis sa naissance. Lou prenait du poids peu à peu malgré sa difficulté à téter et était bien présente quand on interagissait avec elle.

Dehors le froid piquait. Les températures avaient chuté d'un seul coup. Nous l'avions enveloppée de plusieurs couvertures et parée du petit bonnet blanc et rouge tricoté par ma mère, ce qui me réjouissait car elle n'avait pas encore pu porter un seul habit offert ou acheté depuis sa naissance. C'était sa première sortie. Durant le trajet, je lui décrivais le paysage qu'elle ne pouvait pas voir : les flocons de neige s'écrasant sur le bitume, les branches des arbres alourdies par la poudreuse, le gris des cieux parisiens. Elle me fixait intensément, elle s'accrochait à mon regard comme à une bouée salvatrice, et moi au sien, nous nous aidions mutuellement à garder espoir.

Je montai à bord de l'ambulance et m'assis à l'arrière avec elle, tout près de son petit lit à roulettes, prenant sa main dans la mienne, nos yeux enlacés.

« On va dans un autre hôpital, ma chérie, pour qu'ils s'occupent bien de toi et comprennent pourquoi tes poumons ont du liquide et t'empêchent de bien respirer. Je reste avec toi mon amour, ne t'inquiète pas. Ça va aller. » Elle ne pleurait pas… elle m'écoutait, attentive, et paraissait apaisée par la chaleur de ma main dans la sienne que je ne lâchais pas.

À l'arrivée, on nous fit patienter dans un couloir mal éclairé du service de cardio-pédiatrie, dans l'attente de spécialistes. Une troisième échographie cardiaque était prévue mais avec un « matériel plus performant », avait-on justifié à la maternité. Après avoir changé d'avis, la médecin polonaise avait finalement eu gain de cause. Mais pourquoi ne pas avoir fait venir des cardio-pédiatres avant et avoir perdu tout ce temps ?

L'appareil à échographie se déplaça jusqu'à nous, accompagné des deux spécialistes : le docteur B., la cheffe de clinique de cardio-pédiatrie, une brunette aux cheveux courts, et un jeune interne, transparent. Ils procédèrent à l'examen et échangèrent des remarques à voix basse dans un jargon médical insaisissable pour la néophyte que j'étais.

« Tu vois le *shunt*, là ? interrogeait-elle.

— Oui, oui », répondait le jeune médecin.

Elle désignait sur l'écran de contrôle des barres bleues et rouges mobiles rythmées par le flux sanguin tout en déplaçant la sonde sur le thorax de Lou qui restait tranquille. *Shunt* ? J'en ignorais le sens jusqu'alors. Et pourquoi murmuraient-ils ainsi ? Cette ambiance feutrée me rassurait, paradoxalement. L'imagerie terminée, ils m'invitèrent à les suivre dans une pièce attenante. Surprise, je les accompagnai machinalement pendant que Lou était emmenée par une nurse dans son nouvel espace de vie.

La docteur B. m'invita à entrer dans la salle où se trouvait un grand paperboard blanc pour tout meuble. L'interne, probablement en période d'observation, se tenait silencieusement à distance.

Elle me sourit d'un air empathique, et sans un mot elle saisit un feutre noir, un rouge et un bleu, et esquissa d'un trait un cœur humain sur la feuille de papier vierge.

« Excusez-moi, je dessine très mal », s'excusa-t-elle d'emblée.

Elle enchaîna : « Voici un cœur normal : on peut voir deux cavités appelées des oreillettes et les flèches bleue et rouge indiquent le sens de la circulation du sang. Les cavités sont séparées par deux gros vaisseaux : l'aorte et l'artère pulmonaire. Elles permettent que le sang oxygéné et celui qui est chargé de dioxyde de carbone ne se mélangent pas. »

Elle en dessina un autre, à côté.

« Et voici celui de votre petite Lou. » On voyait un canal qui communiquait entre les deux artères où les sangs rouge et bleu s'enchevêtraient.

Elle m'expliqua : « Dans le ventre de la mère, le fœtus est doté d'un cœur aquatique. Pour survivre dans le liquide amniotique, ces canaux ouverts se referment à la naissance pour pouvoir s'adapter à la vie aérienne. Or, dans le cas de votre fille, ils ne se sont pas refermés… C'est pourquoi d'ailleurs son poumon est inondé… C'est du sang »

Elle fit une pause et reprit : « On ne peut pas la laisser comme cela. Il faut l'opérer immédiatement, et il aurait même fallu l'opérer dès la naissance, dans les quarante-huit heures. Vous comprenez ? »

Rationnellement, je comprenais ses explications limpides. J'acquiesçai. Pourtant personne n'avait de malformation cardiaque chez nous. Elle se retourna vers le jeune médecin resté planté comme une courge au milieu d'un champ :

« Tu vois, quand on prend le temps de bien expliquer aux parents avec un croquis, ils comprennent très bien les raisons de l'opération », dit-elle satisfaite, et à juste titre.

Il resta muet, tout comme moi. Je devais tout de même faire une drôle de tête, car elle s'approcha de moi et prit ma main avec douceur dans les siennes, puis en la pressant, elle ajouta :

« Ne vous inquiétez pas madame, cela va bien se passer. » Je me sentis rassurée mais une fois dans le couloir, j'eus le sentiment que ma vie venait de s'effondrer et je pleurai le stress de ce que j'avais pris sur moi depuis une semaine. Cette nouvelle effrayante fut un coup de massue pour moi, à peine devenue mère. J'appelai mon mari qui était occupé, puis ma sœur, qui put se libérer et me rejoignit sur place pour me soutenir.

Chapitre 4

Ma vie venait de basculer brutalement sans que je puisse réellement en prendre la mesure. Je n'avais aucune conscience de ce qui m'attendait, de la bataille que j'allais devoir mener, au quotidien, pendant des années, telle une marathonienne de l'infini. J'allais faire le choix de me battre contre tout et tous, d'enjamber les obstacles les uns après les autres dans la peur et l'angoisse, mettant entre parenthèses une grande partie de la personne que j'étais, au service de la survie de ce qui était devenu le plus précieux pour moi : mon enfant. Personne n'est préparé à cela… Une jeune maman encore moins. Je découvrais la maternité, et la promesse du bonheur venait de prendre un chemin de traverse totalement inattendu.

J'avais eu jusqu'à présent la chance de vivre une vie épargnée et protégée, une vie que j'aimais car elle me comblait, et une carrière de reporter que j'adorais, construite à force de travail, de volonté, de persévérance.

Au fond, n'avais-je pas toujours été journaliste depuis l'enfance, à écrire au beau milieu de la nuit, réveillée par une profusion de mots qui s'écoulaient tout seuls de mon esprit embrumé, avec le besoin impérieux de les inscrire sur le premier support qui me tombait sous la main ?

Je me souviens de ce petit carnet recouvert de plastique blanc orné d'un Schtroumpf bleu, que ma mère m'avait offert pour que j'y note avec mes mots d'enfant cet interminable voyage à l'autre bout du monde, ces heures infinies pendant lesquelles nous fûmes confinés, serrés comme des sardines, dans la carlingue dans un DC-10 de la compagnie UTA. Et quand enfin l'imposante porte de l'avion s'ouvrit sur Tahiti, « l'île mystérieuse » en tahitien, j'eus la sensation d'être renversée, enivrée par une explosion de fragrances de fleurs de tiaré aux délicieux effluves de jasmin inconnus, distillés dans la moiteur de l'air tropical sur ma peau, et étourdissant mes jeunes narines. Je fus saisie par la beauté de la nature flamboyante déployée devant moi, par la vigueur du soleil sur le tarmac, la chaleur brouillant ma vue, par le son des ukulélés, des chants traditionnels, des tam-tams entêtants, par le frisson des jupes de paille, les noix de coco ; les frangipanes reliées en colliers embaumant, les noires chevelures ondulant au rythme sensuel et saccadé de la danse hypnotique du tamouré.

Tahiti, telle une transe, fut un choc. Esthétique et culturel. À 8 ans, toute l'éducation corsetée que j'avais reçue en métropole se retrouva inadaptée face aux coutumes plus amples, plus libres, et je dus désapprendre ce que j'avais acquis pendant des années, quittant ma fourchette pour mes doigts, ma jupe bleu marine pour une tenue plus décontractée et des tongs et ma queue-de-cheval pour des fleurs que je piquais dans mes cheveux défaits pour me rendre à l'école.

Mon père venait d'être promu à la sous-préfecture de ce confetti perdu au milieu de l'océan Pacifique. Et comme une imprégnation précoce, le souvenir de ce passage de l'enfance à l'adolescence marqua ma personnalité de manière durable, en surface et en profondeur, passant d'une culture cartésienne à une autre, plus sensorielle, plus intuitive. Une véritable fenêtre sur le monde venait de s'ouvrir et j'y développai un goût prononcé pour les voyages en terres inconnues et pour la connaissance des autres.

Comme souvent dans ce genre de lieux perdus et propices aux mirages, le mariage de mes parents fit naufrage sur les courbes voluptueuses d'une Tahitienne aux yeux clairs que mon père avait rencontrée à un « tamara » (fête tahitienne) et, vingt-quatre mois plus tard, ma mère quitta l'île sans regret, nous emportant ma petite sœur et moi dans ses bagages. Je vécus assez mal ce rapatriement d'urgence en plein hiver, laissant derrière moi mon père et mon paradis terrestre ainsi qu'un sentiment d'inachevé. Tous les étés, jusqu'à la fin de mon adolescence, nous y retournions deux mois, jusqu'au moment où notre paternel rentra à son tour pour s'échouer, de nouveau célibataire, à Paris.

Moi qui m'étais toujours sentie différente, à part, quasi inadaptée, là-bas je me sentis pleinement dans mon élément, et je me fondis sans effort dans cette culture décloisonnée, communautaire, faisant puissamment écho à mon besoin d'espace et de liberté, à l'imagination illimitée qui nourrissait ma sensibilité exacerbée et souvent difficile à comprendre pour mon entourage. Je pouvais passer de longs moments perchée sur une branche d'arbre de frangipanier à rêver, à me poser mille questions inutiles : « Pourquoi le ciel est bleu ? D'où vient donc sa couleur ? » Des interrogations à n'en plus finir, sans doute liées à mon angoisse existentielle.

Il faut dire que l'ambiance à la maison n'était pas de tout repos et l'imaginaire fut pour moi une bouée, une manière enchantée de m'y soustraire. Tout comme la danse classique fut un véritable refuge et me permit d'endiguer le rock and roll familial en chorégraphiant le chaos de ma petite vie. Grâce à mes pirouettes et à mes développés, j'évoluais dans un espace vide dessiné par mon corps, effleurant le Beau, comme pour mieux me transcender dans cet univers recréé avec artifice. Je me voyais petit rat de l'Opéra, mais le « Tu finiras balayeuse ! » anxieux de ma mère eut raison de mes ultimes velléités de passer le concours de l'Opéra de Paris. L'exclamation maternelle fut après mon baccalauréat remplacée par « Tu feras Sciences Po ma fille, comme moi ! », ce qui acheva de braquer mon esprit encore immature.

Après quatre ans d'études de langues à la Sorbonne, j'avais décidé, sur un coup de tête salutaire, de prendre une année sabbatique pour couper, opérer une césure. Alors que l'on me proposait un CDI inintéressant dans un magazine, je fis mes malles et partis, usant du prétexte, pour moi-même et pour les miens, d'une histoire d'amour mal ficelée avec un Français exilé depuis plus de six mois au Chili. À peine arrivée en terre amérindienne, le glas de notre histoire sonna ; je décidai pourtant de rester. Relogée chez des Belges expatriés et bien sympathiques, j'appris l'espagnol que je parlais cependant très mal, me débrouillai pour travailler, n'importe où, n'importe comment : mannequin, barmaid dans une station de ski perdue dans les Andes, hôtesse dans une grande enseigne chilienne, modèle pour des pubs à la télé, prof de français, bénévole pour des enfants défavorisés des favelas… J'avais tout expérimenté. Et voyagé. Beaucoup. En sac à dos, explorant la longue terre chilienne, la Bolivie, un bout de l'Argentine, j'avais fait des rencontres amicales merveilleuses, emprunté le chemin de l'Inca au Pérou, usant mes semelles, dormant à la belle étoile sur les hauteurs de la majestueuse cordillère, ou dans le désert de sel d'Atacama au nord, où j'avais même attrapé des puces !

De cette expérience, j'avais retiré le plus riche des enseignements, au-delà de la culture et de l'histoire de ce pays : la découverte de ma jeune personne, confrontée à l'inconnu et à l'étranger. Un séjour intense en émotions pour la jeune femme peu sûre d'elle que j'étais, propice aux surprises, et qui détermina la suite de ma destinée : à une soirée d'expatriés à Santiago, dans une belle maison avec piscine aux convives colorés de nationalités diverses, je rencontrai une équipe de tournage qui rentrait du Yémen. Ils venaient de terminer un film documentaire de trois semaines sur les femmes yéménites. Le sujet était passionnant, les réalisateurs en parlaient avec des étoiles dans les yeux, embrasant en moi un feu qui ne demandait qu'à s'exprimer. Moi qui n'avais jamais eu de vocation, j'eus mon épiphanie. Comme eux, je voulais faire des documentaires et interviewer en voyageant, ou voyager en interviewant. Mais comment faire ? Je ne connaissais ni le milieu ni personne, et n'avais fait aucune étude en rapport avec le sujet !

De retour en France, alors que je déambulais dans les rues de Paris, cette idée fixe en tête, je rencontrai au détour d'une rue une ancienne comparse d'études à la Sorbonne perdue de vue depuis des années. Chose incroyable, elle travaillait pour la télévision ! Mais pour une émission populaire et sans lien avec les documentaires. Je lui exposai mon projet, et deux jours plus tard, mon téléphone retentit : c'était elle. Elle venait d'apprendre totalement par hasard qu'une place se libérait dans une imposante société de production de documentaires télévisés. C'était fou ! Mon rêve venait à moi. J'étais folle de joie.

C'est ainsi que je commençai ma carrière dans la production audiovisuelle. Nous produisions des grandes séries de cinquante-deux minutes sur toutes sortes de sujets passionnants, allant de l'archéologie à la découverte des animaux des abysses. J'adorais mon métier, je rencontrais des personnes riches intellectuellement et humainement. J'occupai pendant cinq ans divers postes : documentaliste, rédactrice, coordinatrice, envoyant des équipes aux quatre coins du monde assise derrière un bureau à Paris ! Quand un jour je demandai à me rendre sur le terrain à mon tour, mon boss m'encouragea à reprendre des études pour maîtriser les techniques de tournage. Je passai des concours d'écoles de journalistes et fus diplômée à trente-deux ans comme journaliste caméraman, pour être happée ensuite par le « breaking news » des journaux télévisés après le stage de fin d'été.

J'étais heureuse, légère, collectionnant les histoires sentimentales sans avenir (ce qui me frustrait parfois), cultivant mon statut de CDD personnel et professionnel, cela me laissait une forme de liberté. J'étais épanouie dans mon job et dans ma vie sociale. Les fêtes étaient nombreuses, les occasions aussi et j'avais plein d'amis.

Jusqu'à ce que j'atteigne ce qui me semblait alors être le Graal : un poste de correspondante en Italie pour une mission de deux ans. Le rêve !

Pour la journaliste reporter d'images fraîchement reconvertie que j'étais, c'était un honneur, après avoir passé trois ans à piger quotidiennement à la rédaction du journal de 20 heures ! Ce poste me parut être la parfaite opportunité pour enrichir mon expérience professionnelle dans un cadre merveilleux et pratiquer les langues étrangères. Excitée, j'en parlai à mes collègues et amis pigistes, et appris avec surprise que deux d'entre eux, également en lice, venaient de décliner l'offre du chef de ce bureau, N. I., après quinze jours d'essai avec lui. Je trouvai étrange que les deux seules personnes qui avaient côtoyé le rédacteur en chef du bureau italien aient toutes deux refusé. Mais je décidai de ranger mes préjugés au placard et de m'en rendre compte par moi-même. J'étais toujours prête pour de nouvelles expériences et j'avais à cœur de croquer à pleines dents les opportunités que la vie m'offrait. Après avoir brièvement parlé des conditions financières du futur poste avec le directeur administratif et financier (le DAF), je m'envolai, heureuse, vers la cité romaine pour y passer le « test », une période d'essai de quinze jours.

Dans le taxi, le paysage défilait sous mes yeux. Superbe : les rues ensoleillées et embouteillées, les couleurs, les senteurs, les Italiennes en Vespa qui se faufilaient en rasant les voitures, leurs jupes dans le vent… Le Colisée : magnifique ruine de cet ancien amphithéâtre remarquablement conservé. Je voyais l'histoire antique se matérialiser : j'imaginais les représentations théâtrales, les combats de gladiateurs, les Romains en spartiates deviser, Sénèque, Marc Aurèle… Je me faisais mon film en flash-back en m'imprégnant de ce décor si inspirant. J'avais toujours rêvé sans vraiment le savoir d'être une reporter-aventurière comme Joseph Kessel ou Albert Londres, et en dépit des circonvolutions de la vie, j'étais parvenue à entrer dans ce milieu !

Le taxi me déposa devant un bel immeuble blanc éclatant sous le bleu du ciel romain. Une petite plaque discrète indiquait l'étage du bureau. Je grimpai un escalier de marbre clair et frappai à la porte du troisième. Un homme m'ouvrit. De taille moyenne, la quarantaine dégarnie, un regard noisette attristé contrastant avec une peau laiteuse. Il m'accueillit chaleureusement avec un fort accent italien.

« Buongiorno ! Stéphanie, c'est ça ? Benvenuta, je suis Ignacio ! » sourit-il de toutes ses dents.

Il me fit traverser le bureau composé d'un local de rangement dédié au matériel audiovisuel et d'un autre, pour le montage, puis on passa devant le sien, minuscule, pour enfin arriver à celui de N. I.

Un caverneux « Vous voilà ! » m'accueillit.

L'homme se déplia de derrière son bureau. Il était connu du grand public, et tous ses sujets rencontraient beaucoup de succès. Il prenait les téléspectateurs par la main et les emmenait dans une narration toujours juste, imagée et informative. C'était un excellent journaliste. De son regard noir et perçant, il me scruta, l'air curieux, puis enchaîna sur des questions concernant mon expérience professionnelle. La pointe ensoleillée de son accent trahissait ses origines méridionales, ce qui me le rendait un peu moins impressionnant et brisait son image, glaciale de prime abord. Le lendemain matin, N. I. avait calé un reportage sur le Palio en Toscane, cette fameuse course de chevaux qui se tient deux fois par an à Sienne.

La ville grouillait de monde. Toute l'Italie était venue admirer le spectacle sur l'ovale Piazza del Campo. Les couleurs ocre de la place incurvée se fondaient dans l'or du soir et sur la piste sablée ; on entendait le bruit sec des sabots claquer sur les pavés, le hennissement des chevaux parés, et le brouhaha informe des conversations ambiantes. J'étais en admiration devant la beauté du lieu et cette atmosphère hors du temps, et, pendant que je songeais aux meilleurs axes pour les prises de vues, je compris que tous les éléments de ma vie s'alignaient : j'étais au bon endroit, au bon moment, en train de réaliser mon rêve professionnel. Je me sentais infiniment chanceuse. Les rues étaient si étroites que l'on devait se faufiler pour se frayer un chemin jusqu'à la petite échoppe où nous étions attendus pour interviewer des supporters du cheval représentant leur quartier, chaque quartier ayant sa propre mascotte. J'étais anxieuse de bien faire, car les reportages de N. I. étaient les plus regardés du JT.

Mais N. I. était de ceux qui pensaient que la critique permanente et régulière est porteuse de fruits ; ainsi, il soufflait le chaud et le froid, et vu ma sensibilité à fleur de peau, je me rendis rapidement compte que je finirais probablement craquée comme une noix, ou comme Ignacio, qui avait fini par développer un véritable syndrome de Stockholm. Le dernier soir, lors d'un concert en plein air, j'appris par la correspondante sur place d'une chaîne de télévision concurrente qu'on nous avait mises, à notre insu, en compétition pour le même poste. Cette nouvelle orienta définitivement mon choix : je décidai de renoncer pour revenir à la rédaction parisienne même si la veille de mon départ, quand N. I. se déclara très satisfait de mes reportages, j'en fus la première étonnée.

Deux jours après mon retour à Paris, le DAF me convoqua et m'annonça que j'avais obtenu le poste. J'étais sidérée mais je déclinai, et ce refus fut un terrible crime de lèse-majesté : « On ne dit pas non à N. I. ! »

À la suite de ce différend, je retournai travailler pour une autre chaîne, retrouvai mes pénates, et mes reportages au national et dans toutes les régions de France. Sur le plan personnel, ce retour fut marqué par la rencontre de mon mari, notre vie commune, notre mariage et nos beaux projets ensemble.

Chapitre 5

La chambre dans laquelle Lou fut installée était exiguë. Des personnages de dessins animés décoraient les murs bleu pastel, des scopes bipaient de tous les côtés en une cacophonie devenue familière. Un nouveau fauteuil inclinable avait été disposé à côté de son lit car cette fois les parents étaient non seulement autorisés mais même vivement encouragés à rester avec leur enfant. C'était un service doté d'un pôle mère-enfant, comme il y en a maintenant partout en France. L'après-midi, je devais rencontrer le chef de service de cardio-pédiatrie, le professeur A. Il auscultait tous les jours les nouveaux patients admis dans son service situé au rez-de-chaussée du centre hospitalier.

« Madame Les Solières ! » retentit une voix masculine dans le couloir où je patientais devant la porte entrebâillée. « Entrez ! »

Tout en pivotant sur un tabouret à vis, l'homme au regard franc et rieur caché derrière des lunettes arrondies brandit une main potelée dans ma direction en guise d'accueil. Il avait environ cinquante-cinq ans. Brun, la blouse blanche grande ouverte sur une chemise débraillée qui sortait d'un pantalon en velours marron trop court, il était à l'opposé du cliché du professeur de médecine froid et guindé que je m'étais faite, qui plus est, chef de service !

Tout de sa personne évoquait la rondeur et une profonde bonhomie. Son visage se fendit d'un large sourire plissant des yeux marron espiègles.

« Bonjour madame, installez-la ici. »

Puis il me désigna un siège auprès d'elle. Lou ne pleura pas quand je la posai sur le papier râpeux de la table d'auscultation. Avec beaucoup de douceur, et d'humanité, qualité rarissime dans ce milieu de « sachants » comme j'allais le découvrir à l'usage, il procéda à l'échographie sans brusquerie, en la respectant. Lou le sentait bien car elle demeura immobile. Il parlait abondamment. Une pluie de paroles rassurantes, chaleureuses. Il blaguait, s'intéressait à mon métier de reporter, me complimentait… Détournait l'attention de l'examen en cours.

Il confirma le diagnostic du canal artériel entre deux paroles anodines et me fit sentir qu'il maîtrisait parfaitement la situation :

« Vous savez, c'est très fréquent. On en opère tous les jours, des canaux artériels. Cela arrive ! Rassurez-vous. Nous allons fixer une date d'opération. »

J'étais maintenant résignée mais tranquillisée car je savais Lou entre les meilleures mains possibles pour affronter une opération à cœur ouvert.

Pourtant quand quelques jours plus tard je le vis entrer en coup de vent dans notre chambre, les pans de sa blouse blanche suspendus en l'air et la bouclette ébouriffée, je ne compris pas immédiatement lorsque tout de go il s'exclama :

« Madame ! Votre fille est ex-tra-or-di-naire !

— ???... Je suis bien contente de l'apprendre ! dis-je amusée et étonnée.

— Oui madame ! Extra-ordinaire, au sens littéral. J'ai vu deux cas comme elle dans toute ma carrière (et j'ai quarante ans de carrière !) ; votre fille est le troisième cas. Les deux autres étaient en Afrique. Elle a ce que l'on appelle une « fenêtre aorto-pulmonaire en position isthmique ». C'est une malformation très rare. C'est pour cela que je vous dis qu'elle est extraordinaire ! Il n'y a plus aucun doute maintenant.

— Je ne comprends pas... ! dis-je, l'esprit totalement embrouillé et mon moral descendant un cran plus bas. Ce n'est pas un canal artériel comme vous nous l'aviez annoncé ? Comment est-ce possible, si aucun membre de nos familles n'a cette malformation particulière ! ?

— C'est congénital, madame : vous avez des cheveux châtains, votre mari les yeux bleus. Pourquoi ? C'est ainsi ! Cela ne s'explique pas... »

Il expliqua pour nous rassurer que le geste opératoire qu'il allait accomplir était parfaitement maîtrisé et nous demanda même l'autorisation de filmer l'intervention afin de partager la technique employée avec d'autres médecins dans une revue internationale.

Il nous dit tout cela avec tant de légèreté et de bienveillance que malgré ce nouveau coup de massue, nous nous sentions néanmoins rassérénés, convaincus que Lou étaient entre de bonnes mains.

« Votre fille va devenir une star ! » blagua-t-il pour détendre un peu l'atmosphère pesante.

Il s'avérait donc que cette malformation était beaucoup plus grave que prévu (que celle du canal artériel). Un cas clinique hors du commun... Décidément, tout semblait exceptionnel depuis le début de sa vie... J'étais partagée entre un sentiment diffus d'effroi profond et une confiance en ce professeur dont l'optimisme naturel paraissait inébranlable. Je sais aujourd'hui qu'il nous fit ce merveilleux cadeau de nous laisser de l'espoir malgré les risques encourus bien réels. L'espoir et la confiance sont les seules forces vitales capables d'aider à tenir debout face à l'épreuve, et les retirer aux parents au prétexte de se protéger juridiquement me semble irrecevable car inhumain. Je me raccrochais donc à son discours calme et étayé, appréciant son humour que je partageais, comme un rempart protecteur.

Le professeur s'agaça contre ses collègues de la maternité lorsqu'il apprit que le test de Guthrie (un dépistage des maladies rares fait à la naissance) avait été « oublié » et s'emporta tout à fait quand il sut qu'ils avaient oxygéné inutilement Lou pendant son hospitalisation, créant ainsi des résistances (en l'occurrence, une augmentation de la tension pour contrer le reflux sanguin passant par la fameuse fenêtre et venant de l'aorte) qui retardaient d'autant le moment de l'opération.

Ses lunettes à oxygène furent donc ôtées une semaine avant la chirurgie, et je pus pour la première fois profiter d'elle à souhait, sans aucun scotch sur les joues. Au regard de la rareté de l'anomalie, le professeur A. décida de demander au professeur T. – dont la réputation internationale n'était plus à faire – et à son équipe d'opérer.

Je restai toute la journée et la nuit avec Lou à l'allaiter, la pouponner, la bercer et lui chanter des comptines. Paul passait la voir et me relayer, m'apportait de quoi me changer ou manger.

Surnommé « l'ours aux doigts d'or », le professeur T., chirurgien en cardiologie pédiatrique, était du genre taiseux. Très grand, la cinquantaine à lunettes, il était aux antipodes de la bonhomie du professeur A. mais il fallait bien garder son sang-froid pour opérer un cœur de nouveau-né de la taille d'une balle de ping-pong ! Son sobriquet lui seyait à merveille. Cet homme était « le plus doué » pour ce type d'intervention à haut risque, et c'était la seule chose qui nous importait.

La technique opératoire prônée par le professeur T. ne convainquit pas d'emblée le professeur A.

qui connaissait très bien cette malformation et ses éventuelles complications. Il tenait (on ne peut pas éviter les complications) à mettre toutes les chances de leur côté pendant l'opération. Nous étions perdus et effrayés par le « désaccord » de ces deux médecins quant à cette intervention dont dépendait la vie de notre petite fille.

Dans l'espace clos de la chambre de Lou devenu notre nouvelle demeure, j'assistai à leur conversation d'experts dans un malaise grandissant. Leur décision scellerait le destin de ma fille. Chacun écoutait le point de vue de l'autre avec respect, tout en justifiant le sien, et le professeur T., après plusieurs minutes de silence, eut l'immense intelligence de renoncer à son choix initial, convaincu par la démonstration du professeur A. C'est leur absence d'orgueil qui sauva notre enfant.

Le professeur T. nous demanda l'autorisation de l'opérer en personne, au lieu de superviser l'opération, et nous acceptâmes avec soulagement. Une date fut arrêtée, l'opération aurait lieu une semaine plus tard.

Je me rappelle ces quelques jours d'attente comme d'un moment de grâce. Lou se reposait. Le visage lisse, dénué de tout souci, elle souriait aux anges. Tous les scopes et autres artifices avaient été retirés. Plus d'examens douloureux, plus de réveils brutaux. J'avais pu la couvrir d'une couverture et l'habiller d'un body et d'un pyjama. On m'avait recommandé de lui laisser un de mes tee-shirts pour qu'elle sente mon odeur en permanence.

Seules quelques échographies pratiquées par des internes perturbaient cette belle quiétude.

Le mardi, la psychologue du service de cardiologie vint à ma rencontre et me demanda avec un fort accent américain si elle pouvait rester à mes côtés en observation. C'était une grande femme, svelte, aux cheveux courts poivre et sel. J'étais dubitative mais acceptai. Elle se mit en retrait et contempla Lou par-dessus mon épaule alors que je la langeais : « Comme elle est belle ! lança-t-elle. Regardez ses mains ! On dirait qu'elle prend la pose. Ses doigts sont entrelacés avec tant de délicatesse ! Elle sera mannequin plus tard ! »

Cette phrase anodine retentit fortement en moi. Projeter Lou dans un avenir radieux, alors que nous étions claquemurés en huis clos avec comme seul horizon une chirurgie « à cœur ouvert », représentait une réelle bulle d'oxygène, une perspective apaisante. Je l'imaginais alors adulte, pleine de vie, rayonnante, et je compris l'utilité de cette psychologue. D'ailleurs, elle suggéra aux infirmières de me laisser donner son bain à Lou, et pour la première fois depuis sa naissance, je pus enfin la pouponner vraiment, la bichonner. Ce fut un pur moment de bonheur, de partage et de tendresse. Ses petits yeux clairs au regard intense plongés dans les miens, je l'immergeai dans la douce tiédeur de l'eau : une sensation immédiate de plénitude l'envahit dessinant un arc de cercle rieur sur sa petite bouche charnue. Elle batifolait, gloussait, se relaxait des tensions accumulées, expérimentait son corps en toute liberté. Je vivais une journée de bonheur simple, comme toutes les autres mamans du monde… Ce moment d'insouciance octroyé juste avant la grande opération me permit d'instaurer un lien maternel avec Lou, de constater que ses yeux seraient probablement bleus. Mais, tapi tout près de nous, dans chaque recoin de cet hôpital, le malheur frappait à tout instant, comme ce jour où une mère éplorée s'effondra tout à coup dans le couloir, inconsciente, terrassée par un chagrin impensable. L'horreur impressionnante de sa souffrance juste devant moi… Que s'était-il passé ? Qu'avait-elle appris ? Dans quelle dimension avais-je atterri ? La psychologue sortit en trombe de notre espace confiné et tenta de la relever en appelant à l'aide.

En voyant cette femme, je n'imaginais pas une seconde pouvoir être à sa place, ou moins encore, revenir à la maison sans mon bébé. Je la plaignais.

Les paroles réconfortantes de mon entourage ainsi que celles de la psychologue, des médecins du service, et surtout du professeur A. me permettaient de tenir, d'envisager une suite heureuse. Je m'occupais en tentant de préserver la tranquillité de Lou autant que je le pouvais lors des changements d'équipes du personnel soignant qui la réveillaient systématiquement. Je me transformais en diplomate, avocate, négociatrice avec les infirmières en arborant mon plus beau sourire : « Regardez comme elle dort bien ! Pour une fois ! Pourriez-vous revenir plus tard s'il vous plaît ? ».

Elles étaient heureusement assez compréhensives de manière générale, service de pointe oblige, pensais-je, et les jours qui précédèrent l'opération furent un grand moment de découverte mutuelle et de bonheur partagé.

Le matin de l'opération, dans notre chambre, je câlinai Lou lovée contre moi, la changeai, lui parlai, la berçai de toute ma tendresse maternelle. On devait venir la chercher d'un instant à l'autre pour procéder à son opération à cœur ouvert. Elle me souriait avec un air rempli d'amour et de reconnaissance, en me regardant intensément. Je la faisais vivre et elle me faisait vivre.

Afin de ne pas laisser de prise aux pensées qui m'assaillaient, je décidai de me concentrer uniquement sur notre échange. Je tentais de lui transmettre toute la force de mon amour maternel en guise de réserve face à l'adversité qui l'attendait. Je lui répétais d'un ton calme et assuré que tout se passerait bien grâce aux médecins, et à notre amour pour elle, et que nous rentrerions vite à la maison. J'étais devenue son principal repère dans ce lieu tellement inhospitalier et si hostile à ses rythmes biologiques, tel un phare dans la nuit. Son sommeil était devenu très perturbé à force d'interruptions incessantes, et elle avait mon tee-shirt avec elle en permanence pour sentir ma présence auprès d'elle.

Elle s'était endormie, lorsqu'une infirmière arriva pour la récupérer. Je la déposai délicatement, encore paisible, dans ses bras. Elle ne se réveilla pas, profondément abandonnée au sommeil, et elles s'en furent dans le long couloir blafard qui menait au bloc, comme au couloir de la mort... Une seule question me taraudait, plus rien d'autre n'existait : allait-elle survivre à l'opération ?

J'eus cette dernière image du calme avant la tempête : je m'efforçais de ne pas imaginer qu'au bout de ce tunnel, la soignante la poserait sur une paillasse de métal froid sous la lumière aveuglante des néons, lui ôterait son petit babygros encore tout chaud de sommeil et que des mains étrangères la doucheraient avec de la Bétadine, la tirant de ses songes, apeurée, loin de moi, livrée à son destin. Alors je me forgeais en contrepoint cette image mentale de sérénité, la plaçant dans une bulle de protection qui la rendait invincible.

On s'installa, mon époux et moi, dans la salle d'attente des parents où quelques chaises traînaient. Des familles entières étaient venues de pays lointains et attendaient aussi. Il y avait le cas très compliqué d'un petit Roumain, dont les parents ne parlant pas français s'inquiétaient, tentant de s'exprimer en anglais.

Pour s'égayer, on faisait les cent pas, enchaînait les cafés noirs, on blaguait avec l'infirmière de l'accueil et, au bout de trois heures, tout à coup, une femme en tenue de bloc courut devant nous en hélant un médecin.

Mon mari inquiet lança immédiatement : « Il y a un problème avec Lou ! » Il pensait avoir reconnu l'anesthésiste et était au comble du stress.

Personnellement je me sentais toujours hors-sol, absolument convaincue que rien ne pouvait lui arriver, tant j'étais encore en symbiose absolue avec elle. Je le rassurai mais il tremblait d'effroi, et plus il tremblait, plus je le rassurais.

Les heures défilèrent. Savoir attendre est une des premières compétences à avoir pour un parent dans les hôpitaux. Après avoir avalé un grand nombre de cafés et lu tous les magazines à disposition, nous errions dans le silence du service…

L'opération qui devait durer initialement quatre heures en dura huit. Et, alors que la nuit était déjà bien avancée, l'anesthésiste encore coiffée de son bonnet de bloc vint enfin nous voir :

« L'opération est réussie. Tout s'est bien passé », souffla-t-elle dans un premier temps.

Heureuse, je lançais à mon mari un triomphant « Tu vois ? ».

La médecin ajouta cependant : « On a arrêté le cœur pendant 20 minutes et mis en place une circulation extracorporelle. Mais elle a fait des crises d'hypertension artérielle pulmonaire. Elle est actuellement en salle de réanimation ; on lui a laissé le thorax ouvert. Si on devait la refermer maintenant, toutes les sutures de vaisseaux risqueraient de sauter. »

Je la regardais incrédule, déconnectée de mes émotions pour entendre l'inaudible, ce que des parents ne devraient jamais avoir à entendre ou à imaginer.

« Thorax ouvert ? ! Je ne comprends pas… Comment ça “thorax ouvert” ? » bégayais-je.

Mon cœur s’accéléra à cette pensée cauchemardesque. Le sol se dérobait sous mes pieds.

« Ne vous inquiétez pas, madame, elle est placée dans un coma artificiel. Elle est inconsciente. Elle ne sent rien. » Ne pas m’inquiéter ? Facile à dire quand ce n’est pas votre bébé qui est étalé, le corps béant.

« Vous la refermez quand ? »

Les mots s’étaient échappés tout seuls de ma bouche sans que je contrôle quoi que ce soit, comme si mon cœur et mon cerveau s’étaient définitivement éloignés l’un de l’autre afin de tenir à distance la douleur insoutenable qui commençait à m’envahir par vagues.

« On ne sait pas… »

Cette phrase retentit en moi, vide de tout sens.

« On lui donne du Viagra, c’est un vasodilatateur qui élargit les vaisseaux sanguins et permettra à la pression artérielle de diminuer. »

Du Viagra… Si la situation n’avait pas été si dramatique, si l’on n’avait pas parlé d’un tout petit bébé, le mien en l’occurrence, ma chair, j’aurais presque pu trouver au fond de moi suffisamment de cynisme pour rire de cet échange absurde.

J’étais dans la quatrième dimension, dans une sorte de trou noir…

« Madame, comme je vous le dis, tout dépend d’elle maintenant… »

L'expression « pronostic vital engagé » n'avait pas été prononcée, mais je reçus cinq sur cinq le sous-entendu.

Mon mari me serra dans ses bras dans une étreinte destinée à surmonter ce que nous venions d'entendre et les images terribles qui y étaient associées.

Après ces paroles crues, la médecin prit congé, disparaissant, comme une évanescence, nous laissant cloués sur place, noyés dans notre réalité saignante et muette sous la lumière aveuglante de cette maudite salle d'attente.

J'avais l'impression de flotter au-dessus d'une réalité insupportable. Les hippopotames bleus aux longs cils recourbés qui ornaient les murs m'exaspéraient tout à coup, avec leur sourire niais et hors de propos. Ma petite elle, ne souriait plus en ce moment, plongée dans les enfers chimiques artificiels, entre la vie et la mort, soustraite à une vie qu'elle venait juste d'entrevoir ! C'était impossible ! Absurde ! Anormal !

Sous la pression de l'étreinte de mon mari, je sentis tout mon corps se ramollir puis s'affaisser. Tout le stress accumulé depuis ce 8 janvier à 14 h 08 me revint comme un boomerang, je me repassais comme un film l'accouchement interminable, le post-partum, l'opération du cœur. J'éclatai en sanglots, je me sentais comme un navire près de sombrer vers l'abîme. Pour la première fois depuis douze jours, j'eus viscéralement peur de la perdre. Qui peut comprendre un tel déchirement ?

À l'extérieur, la ville se recouvrait de son manteau blanc émaillé du halo orange des réverbères. Perdue dans mes pensées dans une énième salle froide et impersonnelle de l'hôpital, j'observais les billes blanches qui s'écrasaient contre les vitres surchauffées, formant de fines rigoles d'eau.

Nous étions partis pour rester ici un bon moment. Un soutien s'organisa autour de nous. Famille et amis se relayèrent à nos côtés. Champagne, foie gras et blagues réchauffèrent et allégèrent un peu nos cœurs dans la touffeur de l'hôpital.

Chapitre 6

Nous avions loué une petite chambre d'hôtel à deux cents mètres de l'hôpital. Un établissement sans charme, fonctionnel et pratique. Il nous avait fallu décider rapidement car nous vivions à l'époque en banlieue et souhaitions être au plus près de Lou. Nous étions passés en mode survie en un claquement de doigts : dormir, se doucher, passer des coups de fil aux médecins tous les matins pour savoir si notre fille avait réussi à « passer la nuit », dans quelles conditions, et souffler de soulagement de savoir qu'elle était toujours parmi nous, informer nos proches, et lui rendre visite. Dans le service de pointe de réanimation de chirurgie cardiaque où elle était placée en chambre stérile, nous avions le droit de passer deux heures d'affilée par demi-journée et d'être deux personnes au maximum.

Sa vie à peine éclose tenait à un fil ténu. C'était inimaginable... La phrase du médecin réanimateur ne cessait de résonner dans toute ma chair de mère :

« On ne sait pas. Tout dépend d'elle maintenant, madame. Nous avons fait notre maximum. Il faut attendre. »

Tout dépend d'elle…

J'étais prise d'angoisse, d'une peur viscérale, impossible à rationaliser. Elle avait moins de deux semaines ! Mes cellules bouillaient à l'intérieur de mon corps qui portait encore les kilos en surplus de ma grossesse. J'étais gonflée par les hormones, prête à l'allaiter, à la nourrir, et le spectre de sa mort planait au-dessus de son berceau ? C'était invraisemblable. Funeste épée de Damoclès. Une lutte entre la vie et la mort s'était engagée.

L'entrée du service de réanimation de cardiologie ressemblait à celle d'un souterrain atomique. Il fallait franchir un premier sas pour déposer nos chaussures et nos manteaux d'hiver. Là, on effectuait un premier lavage de mains d'une durée de trois minutes pour enfiler un ensemble particulièrement seyant, entièrement bleu : une surblouse, un bonnet, un masque chirurgical et des surchaussures. La tension montait d'un cran. Ensuite, il fallait passer à l'intérieur d'un deuxième sas où le même processus hygiénique se répétait. Limiter au maximum l'entrée des bactéries dans ce microcosme stérile était indispensable pour protéger les petits opérés. Enfin, nous pénétrions dans l'antre, la boule au ventre. L'ambiance était recueillie comme dans une église : aucun son de voix, seuls les bruits métalliques et impersonnels des machines d'assistance à la vie se répondaient entre elles en une symphonie bizarre. La chambre de Lou se trouvait juste devant l'entrée après la porte. Une infirmière était en train de prodiguer les soins du matin, l'air affairé. Allongée sur un petit matelas anti-escarres, Lou portait une simple couche, immobile, les yeux clos. Des centaines de fils lui sortaient des bras, de la tête, des jambes, le tout relié à une énorme machine faisant un bruit de respirateur à pompe. Elle me faisait penser à une poupée africaine vaudoue. Un tuyau scotché sortait de sa bouche entrouverte d'où s'écoulait un petit filet de bave. Cette vision apocalyptique me bouleversa. Un mouvement régulier soulevait sa poitrine sous l'action du respirateur artificiel conférant la seule impression de vie à son corps inerte. « Il faut lui parler », me dit doucement l'infirmière qui lui changeait la poche de sa perfusion d'un liquide jaune fluorescent. « Elle vous entend, vous savez. » Non, je ne le savais pas...

J'étais broyée par cette vision, par une peur tout à fait organique qui me brûlait les entrailles, une trouille qui provenait du tréfonds de mon âme et de mon corps. Avec tout l'amour dont j'étais capable et rassemblant mes forces affaiblies, je m'adressai à l'enveloppe gisante de ma merveilleuse petite fille, inconsciente. Elle avait besoin de moi, et moi d'elle, pour surmonter cette terrible épreuve.

« Ma chérie, je suis tellement heureuse de te voir ! L'opération s'est très bien passée, ton petit cœur est bien réparé. Tu as été très courageuse ma puce, bravo. »

Déjà j'étais à court d'idées, trop remuée pour prononcer le moindre mot supplémentaire. L'existence de Lou oscillait désormais entre deux réalités. M'entendait-elle vraiment ? Je lui pris le bras entre mes deux mains et suppliai :

« La vie est belle mon amour, tu sais, elle vaut vraiment la peine d'être vécue. Remets-toi vite ma beauté, on t'attend avec papa pour rentrer à la maison tous les trois. On t'aime plus que tout au monde, Lou. »

Je ne pouvais ôter mes yeux du tissu beige qui cachait la béance de sa poitrine et me faisait penser à une banale serviette de table. Je n'osais imaginer ce qui se cachait derrière.

« Vous voulez voir ? me demanda soudain l'infirmière.

— Pardon ? » répondis-je interloquée. Comment osait-elle me proposer une telle obscénité ? Plonger ainsi à l'intérieur de mon enfant, ouvert comme une boîte de sardines pour observer son cœur battre ? Je trouvais cette proposition incongrue et dénuée de toute empathie.

Je refusai net, choquée, horrifiée.

« Comme vous voulez. Certains parents, eux, veulent voir », me répondit-elle simplement, à ma grande stupéfaction.

En quittant la chambre, je pris conscience que je ne serais pas capable de passer la totalité du temps permis chaque jour en réanimation, à me sentir mourir de la voir ainsi aux portes des ténèbres, à ne rien pouvoir faire pour la sauver. Alors je me mis à prier tous les jours, moi la non-croyante, à invoquer une force supérieure, à demander aux amis croyants d'allumer des cierges pour elle, à remplir mes poches de gri-gris et autres porte-bonheur quand j'allais la retrouver...

En partant ce jour-là, je décidai de prendre un rendez-vous d'urgence avec la psychologue du service. Il me fallait tenir, par tous les moyens.

Une grande brune aux cheveux mi-longs, élégante, me reçut quarante-huit heures plus tard dans son petit cabinet sis dans le service de chirurgie cardiaque. Deux petits fauteuils colorés se faisaient face et elle m'invita à m'asseoir dans l'un d'eux.

« Je vous écoute madame », commença-t-elle avec un calme olympien.

Je lui résumai comme je le pus les quinze derniers jours, avec émotion. Je m'exclamai, au bord des larmes :

« Je ne comprends pas ! Je viens à peine d'accoucher et une épée de Damoclès plane au-dessus d'elle ! Comment est-ce possible ? Je viens de lui donner la vie, et la mort la menace ? C'est incompréhensible ! J'ai l'impression de devenir folle ! »

Je prenais sur moi pour rester digne tandis qu'elle m'écoutait sans rien laisser transparaître. Elle m'asséna brutalement :

« Je comprends, madame. Mais curieusement vous reliez sans cesse le mot “vie” et le mot “mort” dans la même phrase.

— Pardon ? »

J’en restai bouche bée. Ça y est ! me dis-je, écœurée. Je suis tombée sur une psychanalyste lacanienne. De celles qui vous font croire qu’un simple cigare est un phallus… Au secours !

J’avais trop observé les ravages de la psychanalyse freudienne (pire, lacanienne !) autour de moi, pour ne pas m’en méfier comme de la peste.

« En même temps, c’est bien la réalité, non ? » repris-je, agacée et blessée.

Ma fille, mon bébé est en réanimation au moment où l’on se parle, et les médecins disent qu’ils ne sont sûrs de rien !

« Oui, mais c’est *vous* qui mettez les mots en lien dans une même phrase. »

Elle ajouta d’un ton neutre comme pour m’achever :

« Vous savez, madame, une mère a toujours des sentiments contradictoires vis-à-vis de son enfant…

— Je vous demande pardon ? Je ne comprends pas très bien où vous voulez en venir. Seriez-vous en train de suggérer que je souhaite la mort de mon enfant ? !

— J’ai remarqué, continua-t-elle accusatrice et sûre de son propos, que vous ne veniez pas le matin lui rendre visite, mais seulement les après-midi… et pas longtemps. »

J'étais outrée. De quel droit me jugeait-elle ainsi ? J'étais venue chercher du soutien et je me retrouvais encore plus accablée et culpabilisée ! C'était une violence supplémentaire à encaisser, dont cet écosystème en blanc semblait de plus en plus coutumier !

Je tentai alors de me justifier, totalement vulnérable :

« Eh bien oui ! Il faut limiter les microbes comme vous le savez, et si vous pensez que c'est facile de voir son enfant ouvert, perfusé de tous côtés, entre la vie et la mort ! C'est extrêmement dur ! Je préfère venir moins longtemps mais être pleinement présente quand j'y suis. »

Elle paracheva malgré tout son discours théorique :

« Ces sentiments contradictoires vis-à-vis de son enfant sont réels, et lorsque la situation se matérialise, c'est très déstabilisant pour les parents, vous comprenez ? Ce processus s'appelle la "transparence psychique". »

Je venais de recevoir un uppercut, j'étais sonnée.

« On va arrêter tout de suite, lui dis-je sèchement en me levant d'un bond. Non, sincèrement je ne comprends pas du tout ce que vous êtes en train de me dire ! En gros, je souhaite la mort de Lou alors que son pronostic vital est engagé au moment où je vous parle ! C'est monstrueux de dire cela ! »

Je sortis de cet entretien encore plus mal qu'en y entrant. Un comble… Toutes les larmes retenues par fierté devant elle jaillirent en torrent, et je courus rejoindre mon mari à l'étage inférieur, qui me prit contre lui.

« C'est une conne, résuma-t-il. Oublie tout ce qu'elle t'a dit. Prends une éponge mentale et efface ses paroles de ta tête. C'est une folle. » Heureusement qu'il était là ! Je ne pus m'empêcher de songer aux parents seuls ou isolés, aux familles qui ne sont pas très structurées ou entourées et qui pourraient à la suite d'un tel échange se dire sur un coup de tête : « Je suis un monstre, ma situation est désespérée, alors, autant tous nous faire sauter le caisson ! »

Le lendemain, en rendant visite à Lou, j'eus la mauvaise surprise de surprendre cette psychologue lui parlant à voix basse à l'oreille. J'ignorais quelle ineptie elle lui contait, et ce, alors qu'un protocole drastique d'hygiène pour les chambres stériles était mis en place.

« Qu'est-ce que vous faites là ? lui demandai-je stressée, sans la saluer.

— Je visite les bébés de ce service tous les jours, madame. »

Effarée, je songeai à la circulation microbienne provoquée d'une chambre à une autre par cette incompétente.

« Lou est en chambre stérile. Ses visites sont limitées aux parents et aux soignants uniquement, intervins-je.

— Mais j'ai le droit de le faire, je fais partie des soignants », rétorqua-t-elle.

Je haussai les épaules. Son comportement était affligeant.

Je me tournai alors vers ma poupée, remplie de douceur :

« Ma chérie ! Je t'ai apporté de la musique classique pour que tu te sentes bien : Mozart, Beethoven, et Stan Getz, ta chanson ! Mais comme tu as bonne mine aujourd'hui ! »

Et c'est alors que j'entendis la psychologue me répondre de façon détournée en s'adressant directement à Lou :

« Tu vois Lou, tu rassures ta maman aujourd'hui ! C'est bien ! »

C'est peu de dire que je rêvai sur le moment de la claquer, ulcérée par cette remarque absolument déplacée. C'était à moi de rassurer Lou, pas l'inverse !

« Non ma Lou, tu n'as rien à faire du tout. Je t'aime comme tu es. »

Mais, le lendemain, en voyant le pacemaker qui régulait ses pulsations cardiaques, je repensais aux sous-entendus de cette soi-disant « soignante » et je m'imaginais, mauvaise mère, tout à coup soulevée par un vent de folie, prendre la commande et tourner la molette à fond, provoquant son arrêt cardiaque. J'en avais des sueurs froides… Comment peut-on laisser de tels incompétents dénués de tout sens commun et de compréhension pratiquer dans les hôpitaux ? Nous étions pourtant dans un service de pointe !

Une nouvelle infirmière interrompit mes pensées et ma colère froide en entrant. C'était une jeune femme d'une vingtaine d'années, les cheveux châtains coupés à la garçonne, qui se présenta :

« Bonjour petite Lou ! Je m'appelle Marie V. C'est moi qui vais m'occuper de toi tous les jours, dorénavant. Tu vas te battre ma chérie, et je vais t'aider. On va se battre ensemble, on sera encore plus fortes à deux. »

J'étais extrêmement touchée par sa gentillesse, par sa douceur, par le fait qu'elle s'adressait à Lou comme à un être humain digne d'égards malgré ses deux semaines et sa situation comateuse. Marie se tourna ensuite vers moi et sur le même ton affectueux, s'exclama :

« C'est une très bonne idée, la musique ! Elle soulage les grandes tristesses et les grandes épreuves. »

Mon mari, resté sur le pas de la porte pour la laisser entrer, lui demanda si elle avait un lien de parenté avec un grand violoncelliste. Étonnée, elle lui expliqua qu'elle était sa fille. S'ensuivit une longue conversation sur la musicologie et son choix de faire de la réanimation pédiatrique, qu'elle nous présenta comme une passion.

Marie était l'une des rares infirmières à manifester de la compassion et de l'humanité, pourtant si essentielles pour tenir debout.

« Je comprends que ça soit dur pour vous, me dit-elle. En tant que parents, vous subissez la situation, impuissants. Mais vous savez, vous pouvez tirer votre lait, madame. Elle a besoin de votre immunité pour lutter. Nous ferons une analyse bactériologique pour s'assurer qu'il est sain, et si c'est le cas, vous pourrez lui en apporter un flacon tous les jours. »

Grâce à Marie, je me sentais enfin mère, utile, et en confiance car elle prenait le temps de nous expliquer tout l'aspect technique de son travail et les traitements qu'elle dispensait. Elle prenait grand soin de Lou en échangeant sans cesse avec elle comme avec une amie très chère.

« Allez, Lou ! Je me suis fait la promesse qu'on s'en sortirait ensemble, alors tu ne vas pas me laisser tomber, hein ? ! Moi, tu sais, j'ai aussi un défi à surmonter, mais il est différent : c'est un gros chagrin d'amour. Alors tu vas m'aider ! Toutes les deux on va s'en sortir, tu vas voir, ma chérie ! » Elle faisait sa toilette avec des gestes d'une infinie tendresse à l'aide de compresses imprégnées d'eau tiède, la massait, la cajolait, comme une mère. J'admirais l'abnégation et le dévouement de cette femme sincère, versée dans la vie, quand nombre de ses pairs ou cadres semblaient bien plus souvent obnubilés par la préservation de leurs egos que par l'intérêt ou le bien-être de leur patient dans ce souterrain médical. Ce jour-là, je repartis avec le moral et en confiance, deux piliers essentiels pour me permettre d'insuffler à ma fille courage et force, pendant qu'elle s'accrochait, perdue entre les deux rives du Styx.

Les crises d'hypertension artérielle pulmonaire ne diminuaient pourtant pas.

Le troisième jour, j'arrivai avec mon lait maternel déclaré « sain », heureuse de pouvoir apporter à Lou cette nourriture synonyme d'amour. Une femme blonde, médecin, assise à son chevet, lisait les constantes de la nuit sur le bloc-notes.

« Bonjour docteur ! Alors comment va-t-elle aujourd'hui ? » lui demandai-je, anxieuse, craignant toujours une réponse négative.

« C'est pareil », répondit-elle, laconiquement, sans me regarder.

Je lui expliquai avoir tiré mon lait comme on me l'avait conseillé la veille et lui présentai deux flacons de cent millilitres.

Elle me toisa alors de ses yeux bleu acier.

« Mettez-moi ça à la poubelle ! On ne sait même pas s'il n'est pas infecté, votre lait ! »

C'était mon lait maternel, mes anticorps, la seule chose que je pouvais offrir à Lou, et elle sous-entendait ni plus ni moins que c'était de la merde. J'étais humiliée et contrariée au-delà des mots. Il était pourtant hors de question que je capitule, alors j'insistai :

« Justement si ! J'ai eu le feu vert du labo ce matin ! »

Elle se leva en silence, me prit le précieux liquide des mains, ouvrit à la volée la grande poubelle noire à pédale de la chambre, et jeta le tout à l'intérieur.

« Pas question ! Je ne sais même pas si vous avez respecté le protocole de recueil ! me cracha-t-elle à la figure, culpabilisante.

— Mais enfin, bien sûr que si ! me rebellai-je. On me l'a expliqué trois fois hier ! Je ne comprends pas du tout ce revirement ! La veille on me dit l'importance de le faire et aujourd'hui, c'est l'inverse ! Il faudrait savoir ! Et peut-être mieux communiquer entre vous car là, je ne vous suis plus !

— J'ai dit non ! c'est tout ! » conclut-elle cinglante et autoritaire.

Je sentais les larmes monter en même temps qu'une colère sourde. Elle m'avait arbitrairement privée de l'unique droit, obtenu la veille, qui me donnait enfin le sentiment de pouvoir faire quelque chose pour ma fille, de ne plus être une simple spectatrice, impuissante.

Le quatrième jour, nous frappâmes à la porte du bureau du professeur T.

« Entrez ! » retentit une voix derrière le battant.

Sur le pas de la porte, déposée comme une invitation à la chausser, gisait une paire de Crocs blanches… Étrange accueil. De la musique classique emplissait l'espace. Caché à droite, dans l'angle, se trouvait un piano verni dont, de ses doigts fins, le médecin pressait avec délicatesse les touches d'ivoire, l'air concentré, pieds nus. Du Mozart. Il s'interrompit en nous entendant, se leva et nous invita à nous asseoir en face d'un grand bureau orné de photos, sans croiser notre regard.

« Bon ! On a eu trois jours assez tendus... » commença-t-il. Quel euphémisme ! Son ton était neutre, son visage ne laissait paraître aucune émotion.

« Mais je pense que vous le savez... Vous avez posé peu de questions, m'a-t-on dit. C'est pour cela que je vous ai demandé de venir pour refaire un point ensemble. »

Notre stress était à son comble, nous étions suspendus à ses lèvres dans l'attente des mots qui allaient en sortir.

« Faites que cela aille, faites que ça aille », ne cessais-je de me répéter intérieurement. Mon mari et moi nous tenions la main à nous la broyer comme pour mieux transmettre l'un à l'autre le courage et la force dont nous avions besoin pour entendre la suite.

« Bon, aujourd'hui ça va mieux », ajouta-t-il sobrement.

Notre soupir de soulagement aurait pu faire trembler les murs. Nous étions entrés en apnée dans ce bureau, nous pouvions enfin, un instant, respirer. Il venait de nous annoncer ce miracle avec un flegme remarquable. Lou était sauvée ! Elle allait vivre ! Elle avait réussi l'exploit de vaincre son hypertension artérielle seule... ! Mon héroïne ! Une Wonder Woman âgée de quelques semaines !

« On va pouvoir la refermer et la garder en observation le temps qu'elle se remette totalement. Avez-vous des questions ?

— Quand sort-elle de réa ?

— Dès que possible. »

Il esquissa un sourire discret en nous donnant une franche poignée de main. Notre reconnaissance serait éternelle, et malgré sa froideur affichée, je ressentis la grande sensibilité de l'homme de bien.

Lou réintégra le service du professeur A. et sa petite chambre d'hôpital.

Quand elle ouvrit les yeux, je remarquai immédiatement ses pupilles dilatées : elles étaient devenues si larges que son iris gris-bleu se voyait à peine. Je le précisais au personnel soignant. « C'est l'effet de la morphine. C'est transitoire, ne vous inquiétez pas ! » me répondit-on.

Pourtant, plus tard, une ophtalmologiste que Lou consulta m'informa que la morphine produisait un myosis[1], soit l'effet inverse ! Ce que je remarquai était une mydriase[2] bilatérale, signe de souffrance neurologique.

Lou avait perdu beaucoup de poids, près d'un kilo, et était pâle et amaigrie. On avait dû « l'assécher » pour l'opération, et elle devait maintenant récupérer et grossir. Les docteurs décidèrent de lui administrer un lait pour prématurés très nutritif par sonde nasogastrique, afin de lui éviter la fatigue de la tétée et de la remplumer au plus vite. Elle pleurait beaucoup, car à la douleur physique

1. Rétrécissement des pupilles.
2. Dilatation des pupilles.

qui la tenait éveillée dès que les injections de morphine diminuaient, s'ajoutait la sensation de faim, m'avait précisé la spécialiste de la douleur du service. La voir pleurer me transperçait… mais elle était vivante !

Mon mari passait tous les jours à l'hôpital en dépit de son travail très prenant, pendant que je profitais de ma Lou miraculée. Nous comptions avec patience les progrès qu'elle faisait et qui l'acheminaient chaque jour un peu plus rapidement vers la sortie de la réanimation. Peu à peu, l'écrasante chape de plomb qui nous tirait vers les fosses obscures de l'âme devenait plus légère. Nous revivions en même temps qu'elle récupérait !

Un jour que le professeur A. passait faire sa visite quotidienne pendant que Lou tétait, il me dit de sa voix bonhomme, la blouse toujours ouverte :

« Ça s'est bien passé ! J'ai eu raison d'insister pour passer en sternotomie, dis donc, vu les crises d'hypertension artérielle pulmonaire qu'elle a eues ! Il aurait fallu en faire une de toute façon. Le professeur T. est d'ailleurs venu me remercier, car cela a sauvé la vie de Lou ! Il est suffisamment rare qu'un professeur en remercie un autre pour le souligner ! » dit-il en me faisant un clin d'œil.

L'absence d'orgueil de ces deux hommes et leur capacité à s'écouter mutuellement, à savoir épouser le point de vue de l'autre, avaient littéralement sauvé la vie de mon enfant. À quoi la vie de Lou avait-elle tenu ? À l'intelligence de deux grands hommes sans vanité. Lou avait quatre semaines et nous allions enfin rentrer à la maison.

« Quand se revoit-on ? demandai-je, un peu inquiète des suites opératoires.

— Pas de sitôt ! En dehors du plaisir de vous revoir, chère madame dit-il, plaisantin. Je considère aujourd'hui que son cœur est une véritable Rolls-Royce ! Même la nature n'aurait pas fait aussi bien ! Grâce à la prouesse de T. ! »

Il me faisait rire, avec son humour salvateur qui transporte au-delà de la peine, résolument tourné vers la vie.

« Je ne sais pas comment vous remercier, monsieur le professeur, nous sommes extrêmement touchés et reconnaissants.

— Je fais mon métier, madame, répondit-il avec humilité et gentillesse. Lou a maintenant un cœur normal. On peut refaire un point dans trois mois, puis six, et dans un an pour voir si elle grandit bien avec ses patchs (NDLA : ces patchs ont été posés durant l'opération pour "boucher" le trou entre la veine pulmonaire et l'aorte.), dit-il optimiste. Bon, je vous laisse, je file en réanimation !

— Pourquoi ? Il y a un souci avec un des enfants ?

— Non, c'est ma routine quotidienne. Tous les jours je vais voir "mes bébés", je parle à chacun, et je passe un petit moment avec ceux qui sont en difficulté, je leur dis de s'accrocher. »

Que dire de plus ? Devant une telle humanité faite homme, on ne peut que s'incliner.

Lou avait quatre semaines et nous allions enfin rentrer à la maison, tout en étant partagés entre un sentiment d'apaisement et l'inquiétude. Allais-je savoir m'en sortir ?

Chapitre 7

Pour la première fois depuis mon accouchement nous allions investir notre appartement avec notre chérie. Nous vivions dans un joli trois-pièces ensoleillé, au quatrième sans ascenseur, dans un vieil immeuble en pierre meulière ; nous avions le projet d'acheter les combles situés juste au-dessus pour en faire une jolie petite chambre.

Je sortais exténuée de cette expérience éprouvante, mais transportée. En grimpant dans la cage d'escalier au papier peint défraîchi, je croisai une de mes charmantes voisines aux cheveux blonds et courts, Françoise, une jeune grand-mère. Elle s'exclama en se penchant au-dessus du couffin d'osier que j'étrennais à peine : « Oh quel beau bébé ! Il n'est pas bien vieux, dis donc ! Félicitations, Stéphanie ! » Je ne savais que répondre. Si elle savait ce que nous venions de traverser… !

« Merci Françoise ! » répondis-je, flattée, sans oser m'épancher sur le moment.

Nous avions installé son lit à barreaux de bois blanc près du nôtre pour mieux la surveiller la nuit.

Le cours normal de notre vie allait reprendre, et comme toutes les femmes actives devenues mères, je pourrais recommencer à travailler à la fin de mon congé maternité.

Lou avalait ses biberons avec difficulté, sans réussir à les finir, elle reprenait tant bien que mal du poids, mais elle souriait sans cesse en me regardant fixement. Ses yeux restaient clairs. J'étais folle de mon bébé, et son papa aussi. J'avais la sensation d'être libérée en quittant cette parenthèse malheureuse.

Ma mère était partie immédiatement avec son compagnon rejoindre les eaux turquoise d'une destination tropicale à l'autre bout de la planète pour faire du voilier. Ils avaient déjà reporté leur voyage à cause de l'opération de notre fille et ne souhaitaient pas perdre le billet cette fois-ci. Elle me laissa seule, avec mon mari qui travaillait beaucoup, et Lou à gérer. Sur le coup, j'eus le sentiment d'être abandonnée. J'avais eu l'impression depuis l'accouchement d'être entrée à l'intérieur d'un tunnel infernal dont je sortais à peine, exténuée, tant sur le plan physique qu'émotionnel, et je vécus très mal son départ, au moment où je sentais que j'avais grandement besoin de ma mère et de son soutien sans la structure protectrice et rassurante de l'hôpital.

Mon père qui, lui, n'était pas venu à l'hôpital une seule fois en un mois (« Je ne supporte pas ces endroits, je suis désolé, ma fille »), vint me rendre sa première visite avec une peluche en forme de crabe géant, toute rouge, qu'il avait ramenée du village de pêcheurs dans lequel il avait l'habitude de passer ses vacances en Bretagne.

« J'ai tout de suite pensé à ma petite Lou en la voyant dans le magasin ! Elle est sympa non ? Je me suis dit que ce serait bien pour l'aider à dormir ! En plus c'est original, tu ne trouves pas ? » Papa n'avait rien de paternel, mais il portait en lui une sorte de décalage intrinsèque qui me faisait souvent rire ou sourire.

À l'hôpital, Lou avait eu un sommeil si haché par les réveils systématiques des infirmières qu'elle ne dormait plus que d'un œil et sursautait au moindre bruissement de papier.

Le doudou aquatique, dix fois trop gros pour elle, la cachait et son grand-père, si fier d'elle, était tellement ravi à sa vue qu'il en était touchant. Je songeais à quel point les hommes de sa génération n'avaient décidément pas eu l'habitude de s'occuper de leurs bébés.

Quand Lou fut prise de vomissements et de diarrhée le surlendemain, je fus affolée. Je me rendis immédiatement chez une pédiatre, une femme douce aux cheveux gris et courts qu'on m'avait recommandée. Elle ausculta Lou attentivement et conclut qu'elle avait contracté une gastro-entérite à l'hôpital. Une infection nosocomiale… Évidemment ! Au bout d'un mois d'hospitalisation, c'était quasiment inévitable en plein pic épidémique de gastro.

« Il ne manquait plus que cela » ! pensai-je, totalement découragée. Elle lui prescrivit un traitement adapté et me demanda de revenir le lendemain car il ne fallait plus que Lou perde un seul gramme.

Après une nuit agitée à la bercer, à faire les cent pas avec elle dans les bras, à la changer, la réhydrater, j'y retournai comme convenu, et hélas elle avait maigri.

« Il faut retourner à l'hôpital », me dit la pédiatre désolée.

Le spectre de ce lieu et son cortège de mauvais souvenirs resurgirent tout d'un coup.

J'eus la sensation angoissante de retourner à la case départ et de chuter brutalement dans un vortex infernal sans en connaître la destination finale. Nous avions passé à peine vingt-quatre heures tranquilles à la maison ! Je n'en finissais pas d'accoucher…

La mort dans l'âme, nous nous rendîmes jusqu'à ce qui semblait être devenu notre nouvelle demeure, en passant par le filtre des urgences pédiatriques qui étaient, comme souvent, saturées par des cas généralement bénins. L'attente. Le stress. L'inquiétude. Je me demandais malgré tout comment Lou avait pu contracter cette infection en dépit des protocoles sanitaires stricts mis en place. On entendait tousser, cracher dans tous les coins. Je pensai qu'une salle d'attente est un vrai bouillon de culture, et cette idée ne me rassura pas du tout. Heureusement, Lou fut rapidement prise en charge, les nourrissons étant toujours prioritaires.

On lui fit une prise de sang qui se déroula selon le même scénario fait de larmes et de tension. Elle en avait assez. À chaque pleur, je ressentais désormais un pic d'adrénaline me traverser tout le corps jusqu'au sommet du crâne. J'accumulais la fatigue du post-partum et je n'avais même pas eu le loisir d'expérimenter un quelconque baby-blues faute de temps, mais bien des montées de cortisol liées aux stimuli négatifs répétés. Je n'avais eu aucun répit et je me sentais de plus en plus peinée de voir Lou souffrir autant, quand elle aurait dû être pouponnée, gazouiller, dormir, téter comme tous les bébés du monde. Je continuais de la consoler, de la protéger contre un monde extérieur devenu agressif pour elle.

L'infirmière de l'accueil lui chercha une chambre, mais le service de pédiatrie générale affichait complet. Elle nous orienta dans « un premier temps » en pneumologie. Le professeur A., qui avait vacciné Lou contre la grippe et les pneumopathies, nous avait bien expliqué qu'il ne fallait « absolument pas » qu'elle contracte une quelconque affection respiratoire après l'opération. Je m'en ouvris à la soignante, essayant de négocier un retour en cardiologie. « Impossible madame, me dit-elle. Tout est saturé. »

Le service de pneumologie, fort mal doté, était situé dans un autre bâtiment de l'énorme complexe hospitalier : appareils vétustes, peinture se décollant des murs par lambeaux, manque de personnel. « C'est Calcutta chez moi, mais alors en pneumologie, c'est encore pire ! » nous avait confié le professeur A. avec humour quand nous l'avions appelé pour nous aider. Il savait pertinemment de quoi il parlait, œuvrant à l'époque pour une association caritative dans les pays en voie de développement.

Les heures passaient. Lou n'était toujours pas perfusée alors que le médecin de ville nous avait avertis du risque majeur de déshydratation. Je demandai aux infirmiers du service, soit débordés soit nonchalants, s'ils avaient enfin les résultats dans la mesure où nous étions là depuis quatre heures.

« Soyez patiente madame, ne vous inquiétez pas ! Si elle était déshydratée, les urgences nous auraient rappelés, nous aurions fait le nécessaire !

— Mais enfin cela fait quatre heures ! Vous ne savez même pas si son examen sanguin est correct ? ! »

Je me heurtais à la mauvaise communication de certains sachants qui me renvoyaient, en creux, l'image d'une mère hystérique.

La nuit était tombée, jetant un épais tapis noir et sans étoiles sur Paris. Une heure s'écoula encore, et j'obtenais toujours la même réponse.

Vers 22 heures, piquée par une impatience grandissante et mue par un instinct animal, je décidai, contre l'avis de tous, d'aller récupérer directement le bilan sanguin situé au rez-de-chaussée dans l'autre édifice, car finalement, personne n'avait pris le soin de vérifier le résultat. Nous étions dans le brouillard le plus total.

Aux urgences en bas, l'équipe prenait son service de nuit. Je me présentai à la nurse, étonnée de me voir à cette heure tardive :

« Bonsoir, madame. Nous sommes arrivés il y a maintenant cinq heures avec mon bébé qui souffre d'une sévère gastro-entérite et a été opéré du cœur il y a peu de temps. Or nous n'avons toujours pas le résultat de son analyse ! Que se passe-t-il ! ? »

Impossible de cacher mon agacement.

Sûre d'elle, elle me répondit que ce dernier avait été sans nul doute transmis au service, et que s'il ne l'avait pas été, le service de pneumologie l'aurait rappelée.

Elle daigna malgré tout vérifier et farfouilla dans son ordinateur puis dans une pile de papiers posés en désordre sur son bureau, puis de nouveau dans son ordinateur.

« Le voilà ! s'exclama-t-elle, victorieuse.

— Alors ?

— Je les appelle.

— Pourquoi ?

— Parce qu'elle a en effet une bonne déshydratation… » dit-elle, l'air gêné tout à coup.

Ivre de rage, je courus à perdre haleine rejoindre Lou, arpentant les longs couloirs blafards et sinistres, le cœur battant, pour la rejoindre au plus vite. Je voulais absolument qu'elle sente ma présence, je voulais la calmer, lui fredonner un refrain familier. Cependant, j'appréhendais ce moment, sentant mon corps y réagir de manière anticipée. J'avais chaud, mon cœur battait très vite.

Un infirmier était déjà à l'œuvre avec un garrot bleu en caoutchouc. Lou hurlait de détresse, se débattait. Mon mari tentait de la consoler mais elle était hors d'elle.

« Oh là là ! Ses veines sont tellement sèches qu'elles claquent toutes ! nous jeta l'infirmier au visage sans ménagement. Je ne sais pas si je vais pouvoir en trouver une bonne tellement elles sont déshydratées ! »

Il les palpait, l'air dépité devant son aiguille qui n'entrait pas. J'étais folle, j'avais des envies de meurtre. J'avais déjà failli perdre ma fille, et je venais probablement de lui sauver la vie en réclamant son résultat d'examen, il était donc hors de question qu'il rate sa perfusion !

« Monsieur, on est arrivés il y a cinq heures ! grinçai-je. Si elle avait été prise en charge à ce moment-là, ses veines ne seraient sûrement pas dans cet état-là ! C'est moi qui ai dû me déplacer pour vous informer de son bilan sanguin ! »

J'étais furieuse de ce raté, et la peur de la perdre me retournait le ventre. La tension dans la pièce était palpable et les cris stridents de Lou nous perçaient les tympans. L'infirmier en était à son troisième échec. Un carnage. Le bras de mon bébé saignait abondamment et je vis rouge, le rouge d'une rage terrible.

« Mais ce n'est pas possible ça ! » m'écriai-je, prête à tout pulvériser dans la pièce pour que cela cesse.

« Je vous demande de sortir, madame ! m'ordonna-t-il sèchement.

— Certainement pas ! Je ne vais pas laisser mon bébé souffrir tout seul et sans consolation ! Essayez de réussir, cette fois, s'il vous plaît ! »

Par chance, la quatrième tentative fut la bonne et je pus souffler de soulagement car Lou allait être enfin « tranquille ».

Je pris conscience que ce qui était au départ un choc à surmonter se transformait peu à peu en un marathon à durée indéterminée. Livide, fatiguée, j'avais l'impression d'accoucher à l'infini, la sensation que Lou n'était toujours pas portée vers « l'extérieur », vers la vie. À la suite de cet incident, j'avais perdu confiance dans le corps médical et je décidai de rester auprès d'elle la nuit, même si je savais que je ne pourrais pas récupérer autant que chez moi. Il ne fallait en aucun cas qu'elle attrape une pneumonie, or elle était transférée au cœur des infections respiratoires les plus graves ! C'était très inquiétant et j'essayai le plus possible de la cloîtrer dans sa chambre, en la coupant des multiples allées et venues du couloir attenant. Je m'allongeai à moitié dans ce fauteuil inconfortable et familier à côté de son lit à barreaux. La pièce était si minuscule que l'on y tenait à peine à deux.

Sur la porte de la chambre de Lou était apposé un panonceau où était dessiné à la main un joli nuage rose sur lequel « Léa » était inscrit.

La nuit fut fatigante, morcelée par les sons incessants des bips et le ballet du personnel, les rires et les conversations intempestives à trois heures du matin nous tirant d'un sommeil déjà peu réparateur. Sur l'instant, les soignantes semblaient « oublier » que de l'autre côté de ces battants blancs, leurs petits patients luttaient pour guérir.

« Chuuut ! Silence ! » s'était agacée une nuit la docteure B. contre deux infirmières qui avaient éclaté d'un rire sonore malgré toutes les consignes affichées dans le service de cardiologie.

« Le repos du patient est sacré ! Vous devez comprendre qu'il est nécessaire à leur guérison. Je vous ferai la guerre à chaque fois ! » avait-elle conclu, d'un ton ferme mais poli.

Il était en effet franchement impossible de dormir sans boules Quies – indispensables pour se couper du raffut ambiant, semblable au foisonnement d'un marécage, hostile et potentiellement dangereux, avais-je songé.

« C'est bien mieux si votre enfant s'habitue aux bruits dès le début, laissez donc ouvert ! » m'avait conseillé une infirmière quand j'avais refermé la porte pour préserver son sommeil devenu inquiet.

À 6 heures du matin, je sommeillais tranquillement avec Lou, quand un médecin d'une quarantaine d'années, un « pneumologue » selon l'inscription au stylo-bille sur sa blouse blanche, entra.

« Bonjour madame, je viens pour sa séance de kiné respiratoire ! » Une phrase du professeur A. me revint à l'esprit instantanément : « Cette pratique est totalement interdite pour Lou en post-opératoire ! Il faudra l'aspirer en cas d'affection pulmonaire. » Sa cicatrice et les sutures de son thorax restaient encore très fragiles à quinze jours de l'intervention.

« Vous faites erreur, docteur. C'est Lou, non Léa. Nous sommes en attente d'une chambre en pédiatrie générale. Elle a une gastro-entérite, et pas une pneumonie. Elle est de passage ici. »

Il regarda le papier noirci qu'il avait à la main, et réagit sans sourciller :

« Le nom n'a pas d'importance. On ne les change pas toujours sur les portes, mais c'est bien dans cette chambre que je dois faire la séance. » Et, n'étant manifestement pas à une erreur près, il retroussa ses manches, frictionna ses mains de gel hydroalcoolique. Il était sur le point de retirer le body de coton de Lou, sans même tenir compte de ce que je venais de lui dire…

« Mais je vous assure que vous vous trompez ! Elle a une gastro, elle n'a aucun besoin de kiné respiratoire ! Elle sort d'une chirurgie cardiaque ! Il est formellement interdit de lui toucher la poitrine ! Ce serait très grave ! » Je m'étais levée en lui parlant et m'étais interposée entre Lou et lui, ce qui le surprit.

« Je vais me renseigner », dit-il sobrement en sortant. Plus tard, il s'excusa du fait qu'il y avait eu « une coquille » dans son planning de la semaine.

Je me refaisais le film a posteriori… Si je n'avais pas été là, il aurait fait sa séance de kiné sans se poser de questions, n'écoutant pas les cris de Lou… et je l'aurais retrouvée morte. Cette vision d'horreur accrut encore ma vigilance initiale, et je ne la quittai plus un seul instant. J'étais catastrophée par le manque d'organisation de ce service et par ce kiné sourd à ce que je lui expliquais, pris qu'il était dans un engrenage bureaucratique absurde, au détriment même de la santé du patient. C'était gravissime.

Une très jeune infirmière arriva, froide, technique. Elle me demanda d'emblée d'évacuer la pièce sur un ton désagréable. Je lui en demandai la raison, et elle me répondit simplement : « Pour pouvoir faire mon travail. » Je ne comprenais pas que les mères ne soient pas autorisées à rester près de leur bébé dans un pôle mère-enfant, et je lui fis part de mes raisons et de mon refus, ce qui généra une tension supplémentaire entre nous. Elle effectuait les soins de manière mécanique et peu expérimentée, et Lou le ressentait. Pour détendre l'atmosphère, je l'encourageais et la félicitai quand elle réussit sa prise de sang avec douceur, sans que ma fille pleure. Je n'avais qu'une hâte : quitter « Calcutta » au plus vite et filer en pédiatrie générale.

Deux jours plus tard, grâce à l'intervention du professeur A., Lou y avait une chambre. Les locaux étaient vastes et les murs joliment décorés. En entrant, on tombait directement sur le bureau rond des infirmières, qui se trouvait au centre des accès aux chambres des bébés, distribuées en étoile.

Au début, celle de Lou fut mixte. Heureusement pour elle, c'était un petit garçon qui souffrait d'une infection à la paupière et donc sans contagiosité. Sa mère était très amusante à observer. Elle était folle d'amour pour son fils de dix-huit mois. Elle le cajolait sans cesse et lui disait régulièrement : « Je t'adore, mon fils ! Un jour tu seras grand, et tu me feras de beaux petits-enfants ! Hein ? » J'étais pour ma part à dix mille lieues d'imaginer dire cela à mon bébé en pareille situation.

Lou fut placée ensuite en face de l'accueil, pour qu'on « l'entende mieux » quand elle pleurerait. Le personnel soignant était jeune, sympathique, et je pensais, rassurée, que je pourrais enfin me reposer en rentrant chez moi quelques heures par jour. Ma mère naviguant à des milliers de kilomètres, je me sentais à nouveau bien seule. Ma belle-mère nous proposa gentiment de prendre le relais tous les matins à l'hôpital, en alternance avec sa sœur, pour que je puisse dormir et revenir à l'heure du déjeuner. Par chance, la présence des proches était autorisée, et je pus refaire quelques nuits « normales ».

La docteure H. était la praticienne hospitalière du service. Une femme charmante, la quarantaine arrondie, de grands yeux noirs aux cils recourbés, le teint mat qu'encadrait une belle chevelure sombre. Douce, à l'écoute, elle avait une parole calme et pédagogue, auscultait avec respect son patient, et paraissait sage dans ses décisions. Lou devait être pesée plusieurs fois par jour car elle continuait de vomir alors même que chaque gramme était précieux. Cette docteure eut l'idée de fractionner les apports de lait en tout petits biberons pour lui permettre un « repos gastrique », et changea le lait nutritif pour un autre, censé être plus digeste. Sa stratégie s'avéra payante puisque Lou arrêta alors de rendre tous ses repas et recommença à grossir, lentement, pour notre plus grande satisfaction. La docteure H. se montrait rassurante, et Lou lui prouvait qu'elle avait eu raison de lui faire confiance.

Nous restions très vigilants car elle souffrait toujours de diarrhée et continuait de perdre de l'eau. À chaque pesée, nous notions ses petits progrès.

Un après-midi, je lui donnais la tétée assise dans mon vieux fauteuil grinçant pendant un de nos rares moments de quiétude quand une grande femme médecin d'environ cinquante ans entra. Lou était lovée contre moi, habillée de sa petite grenouillère de velours ivoire, les yeux plongés dans les miens et vidait tranquillement sa bouteille de lait. Je détaillai cette médecin inconnue : son visage était taillé à la serpe, une mèche lui tombait sur le visage et tout dans sa personne m'évoquait le personnage de Cruella, dans *Les 101 Dalmatiens*.

Tel un essaim d'abeilles, un groupe d'étudiants en médecine bourdonnait autour d'elle. Ils prenaient des notes, et buvaient ses paroles.

« Restez là ! » ordonna-t-elle, altière, à ses ouvrières qui se turent, restées sur le seuil de la porte.

Elle se dirigea directement vers le gros registre posé sur la table à côté de moi, feignant de ne pas me voir. Tous les traitements, posologies et résultats d'examens mis en place depuis quinze jours y étaient consignés quotidiennement.

Je ne l'avais jamais vue depuis notre arrivée et je mesurai aisément son importance à la vue de son escorte. Elle sortit lentement de la poche de sa blouse un stylo et biffa d'un coup sec tout ce que ses prédécesseurs avaient noté. En la voyant faire, je sentis mon cœur chavirer. De quel droit détricotait-elle le délicat travail mis en place par toute l'équipe et qui, enfin ! portait ses fruits ?

Je lui demandai, l'air étonné, qui elle était :

« Professeure P. ! Chef de ce service », lança-t-elle en me regardant avec un certain mépris. Je me levai avec Lou dans les bras pour vérifier ses annotations, pendant qu'elle répondait aux questions successives des étudiants.

D'un trait, elle venait de barrer tous les écrits du matin de la docteure H. et avait noté de doubler la dose de chacun des biberons. J'étais outrée. Sous mes yeux, elle avait anéanti tout ce que nous avions construit pas à pas avec son équipe depuis des jours, sans aucune considération pour ce travail, ni pour Lou ni pour nous. Je lui demandai, émue :

« Je ne comprends pas docteure. Pourquoi voulez-vous augmenter son lait alors qu'on sait qu'elle le vomit dès qu'elle boit plus de cinquante millilitres ? Votre équipe y travaille depuis une semaine et a trouvé la solution puisqu'elle grossit enfin.

— Elle a un mois, madame ! Et à son âge elle devrait peser plus ! » affirma-t-elle d'un ton péremptoire.

Un sentiment de frustration monta en moi, couplé à une angoisse diffuse.

« Mais enfin, docteure, elle vient d'être opérée à cœur ouvert ! Elle a failli mourir à la naissance ! Comment pouvez-vous exiger d'elle qu'elle pèse le même poids qu'une enfant du même âge en pleine forme ? Elle a passé un mois à l'hôpital, pas à la maison ! » m'emportai-je. Les étudiants assistaient à la scène sans un mot.

Cruella me regarda, piquée. Elle commençait sérieusement à m'irriter.

« Je vous dis qu'à son âge elle devrait peser bien plus », répéta-t-elle comme un automate ou comme si j'étais sourde, désireuse de montrer son autorité à moi ainsi qu'à ses blouses blanches muettes.

« Je suis *la* spécialiste de la nutrition pédiatrique, madame, c'est quand même *mon* domaine de compétences », m'asséna-t-elle pour clore le débat et asseoir son statut de « sachante ».

Comment pouvais-je la prendre au sérieux quand elle ânonnait des vérités toutes théoriques, sans pratiquer aucun examen clinique sur Lou, et en me prenant pour une idiote de surcroît ! C'était insupportable. Je ne me démontai pas, soulevée par la force de mon amour maternel qui ne me quittait plus, m'affranchissant (avec difficulté !) de ma pudeur et de ma bonne éducation bourgeoise. Je pris alors sur moi :

« Depuis que Lou est dans votre service, on ne vous a jamais vue, docteure. Vous arrivez au bout de deux semaines, vous ne la connaissez même pas et vous remettez tout le remarquable effort de votre équipe en question. Je ne comprends pas ! » J'étais rouge d'émotion, mais Cruella, intransigeante, campait sur ses positions :

« Faites-la boire à volonté, dans ce cas ! Pas le biberon en entier. Ça veut dire ce que ça veut dire, “à volonté”. C'est pas compliqué !

— Mais c'est impossible de contrôler les graduations et de lui donner à boire en même temps ! répliquai-je, pour l'avoir déjà fait et avoir vu Lou vomir dans la seconde.

— Ah ! Vous, les parents on vous connaît ! Je mets quatre-vingt-dix millilitres », répondit-elle sèchement, me toisant de toute la hauteur de son mètre quatre-vingts.

Alors, telle une vendeuse de tapis au souk de Marrakech, elle se mit à marchander les millilitres des biberons avec moi :

« Allez ! On va mettre euh… soixante-quinze millilitres ! Pour vous faire plaisir ! lança-t-elle, ironique.

— Ça n'ira pas, je le sais, j'ai déjà testé », répondis-je.

Des internes me regardaient, l'air désolé, d'autres admiraient ce grand professeur, des étoiles dans les yeux. Et, comme elle était venue, elle s'en fut, l'air visiblement contrarié par cette incartade publique, accompagnée de sa ruche.

Je me demandais ce que ces jeunes médecins pensaient de notre échange. Pensaient-ils qu'il était normal de s'adresser de la sorte à des parents qui vivaient de telles épreuves ? Bénéficiaient-ils d'une formation solide en psychologie durant leurs études ? À voir Cruella dénuée de toute empathie, j'en doutais fortement.

Une femme s'était détachée discrètement du groupe d'internes qui venait de s'éloigner pour me parler. Elle était confuse de ce qui venait de se dérouler et compatissante au sujet de notre fille. Elle m'expliqua être une pédiatre venue de Bulgarie pour suivre un stage d'observation ici, dans le cadre des échanges de savoirs médicaux entre les deux pays. Elle m'avoua se sentir très seule parce que les médecins français avec qui elle travaillait la considéraient mal et, pire, l'ostracisaient. Elle me rassura au sujet de mon bébé qui récupérait bien, et déplora l'attitude de la professeure qu'elle avait trouvée agressive. Régulièrement par la suite, elle passa nous saluer et s'enquérir de l'état de Lou.

Une nouvelle fois, on nous demanda de changer de chambre pour en investir une autre à l'autre bout du service, loin du bureau des nurses, où il était quasiment impossible d'entendre les scopes des enfants, et cela me stressait. Je décidai donc de revenir la nuit, saisie d'une peur intuitive, et remerciai ma belle-mère pour son aide au cours des matinées. Pourtant Lou n'était plus en danger, mais je sentais qu'il régnait dans ce service une ambiance étrange, sans pouvoir mettre un mot dessus. Une infirmière aux cheveux gris et courts, l'air plus âgée que les autres, critiquait fréquemment ses très jeunes collègues qui venaient en stage uniquement pour « se faire un CV en pédiatrie générale », car aucune d'elles ne restait en poste par la suite. Elles « n'apprenaient rien », cherchant « uniquement » à se faire embaucher ailleurs grâce au sésame de renom international que constituait un passage dans cet hôpital. Cette femme passionnée par son métier ne les comprenait pas, tant elle était soucieuse de soulager les maux de ses patients, avec tendresse, en prescrivant des séances de « câlinothérapie de dix ou quinze minutes » à ceux dont elle sentait qu'ils en avaient besoin. Après avoir effectué les tâches obligatoires, elle les cajolait comme une mère le ferait, les berçait en leur fredonnant des comptines, les rassurait. Car les câlins, la douceur, les manifestations d'amour, d'où qu'ils proviennent, apaisent et aident à l'amélioration de l'état des enfants. Cette femme considérait la médecine de manière holistique, et je n'ai pu qu'en constater les bienfaits sur la maladie. Elle disait avoir eu la vocation, et cela se sentait dans les soins qu'elle prodiguait.

Cela faisait déjà trois semaines que Lou était hospitalisée, et elle restait fragile, pâlotte ; mais, avec lenteur, sa récupération s'accomplissait. Cet après-midi-là, je lisais un magazine, adossée contre le bureau central en échangeant avec l'une des aides-soignantes durant la sieste de ma chérie, quand un lit à roulettes recouvert d'un drap blanc sous lequel on devinait un petit corps inerte passa devant moi. Saisie de stupeur, je demandai ce qu'il se passait. Un silence édifiant s'ensuivit. L'aide-soignante m'avoua ne pas savoir. Je sentis tout mon être vaciller. Comment était-il possible de décéder ici, avec tout ce personnel ? Je songeais aux pauvres parents, ignorants du drame qui allait les terrasser et qui allaient dans la seconde où ils l'apprendraient basculer dans l'insondable et l'inimaginable. Je courus rejoindre Lou. J'avais besoin de me rassurer. Les poings fermés, elle sommeillait, insouciante. Je regardais le petit souffle soulever sa poitrine, ses paupières qui frémissaient sous l'effet de la rêverie et sa petite bouche en cœur qui suçotait une tétine imaginaire. Elle était si jolie à mes yeux que mon cœur déborda d'amour pour elle en cet instant béni. Pourtant, je commençais à me poser de sérieuses questions. Qu'était-il arrivé à ce pauvre bébé ? De quoi et pourquoi était-il décédé ? On m'expliqua plus tard qu'il était atteint d'une lourde pathologie, qu'on ne pouvait rien faire pour lui. C'était triste. C'était tout. C'était la fatalité...

Mais quand, dans la même semaine, un autre chariot mortuaire chargé d'un autre petit cadavre quitta la chambre juste en face de la nôtre, la mère livide agrippée aux barreaux du lit de son enfant devenu son cercueil, défaite, je fus prise d'une réelle panique et tentai de me contrôler comme je le pouvais.

Deux bébés morts dans la même semaine, c'était trop ! Et si j'avais eu peur en réanimation, j'avais toujours été rassurée par les médecins du service de cardiologie car ils m'informaient. Ce qui n'était pas du tout le cas ici, où les enjeux étaient pourtant moindres.

La médecin bulgare qui venait, comme à son habitude, s'enquérir de Lou, entra, et quand je lui demandai ce qu'il s'était passé, elle referma la porte derrière elle en vérifiant que personne ne la voyait entrer.

« Je ne devrais pas vous le dire... je n'ai pas le droit », commença-t-elle doucement. J'étais de plus en plus intriguée.

« Ils sont morts… parce que les soignantes ne les ont pas entendus.

— Pardon ? ! » répondis-je, pas certaine de comprendre ce que je venais d'entendre.

« Les soignantes n'ont pas entendu les alarmes d'urgence de ces enfants. Quand les infirmières sont arrivées, ils étaient déjà morts », souffla-t-elle totalement dépitée.

J'étais épouvantée ; je n'en croyais pas mes oreilles. Tout ce que je pressentais à bas bruit depuis des semaines se révélait au grand jour, ce que j'avais perçu de la cheffe de service avec son équipe, avec ses patients, ou avec les parents : l'inquiétude et le sentiment d'insécurité se transformaient en une réalité mortifère. J'étais dans « le service des calamités », pensai-je.

Je m'installai de plus en plus dans l'hypervigilance épuisante du cerbère garant de la survie physique et psychique de Lou.

La quatrième semaine, Cruella débarqua et me dit tout de go :

« Bon ! Lou reprend un peu de poids, c'est mieux. Alors ou vous la regardez grossir ici ou vous la regardez grossir chez vous. Je vous laisse le choix, lança-t-elle, lapidaire.

— C'est délicat comme choix, docteure. Estimez-vous qu'elle puisse sortir en toute sécurité pour sa santé ? Ou vous pensez que c'est encore trop tôt ? Et dans ce cas, on reste encore un peu.

— Je viens de vous le dire, madame ! » s'exclama-t-elle. Et elle répéta sa proposition mot à mot, ajoutant comme un oiseau de mauvais augure « De toute façon, ce genre d'enfant reviendra toujours à l'hôpital », étiquetant sans vergogne Lou qui avait juste deux mois.

J'étais partagée entre l'envie évidente de quitter ce service « de la mort » qui m'effrayait avec son atmosphère pesante, faite de tensions entre personnel et cadres, et la peur de devoir y retourner à peine rentrée chez moi.

La psychologue, que je voyais pour la première fois et qui avait assisté à la scène dans le couloir, vint à ma rencontre pour m'aider. Elle me demanda si je voulais qu'elle intercède auprès de Cruella, mais je la remerciai, pensant que ce serait vain.

« Je vais lui en toucher un mot, je suis sûre qu'elle comprendra ! » dit-elle, optimiste.

Je l'entendis au loin être ma porte-parole :

« La maman a juste besoin d'être rassurée... de comprendre vos raisons », insista-t-elle, et la réponse de la cheffe de service fusa en même temps qu'un regard furieux dans ma direction :

« Mais je lui ai déjà tout expliqué ! C'est elle qui ne comprend pas ! »

Quand la messagère revint, elle me dit avec un sourire compatissant : « Je crois que c'est inutile. Elle n'entend pas. Faites ce qui vous semble le mieux. »

Comme souvent face à une situation de blocage, je passai à l'action instantanément. Poussée par une colère qui ne disait pas son nom, je lui répondis, ulcérée par l'attitude méprisante de Cruella, qui portait bien son surnom :

« C'est bon ! Vous avez raison ! De toute façon je ne la supporte plus, elle me stresse trop. Je serai dans de bien meilleures conditions à la maison ! »

Je me sentis soulagée de quitter ce lieu où toute humanité avait fait naufrage. La professeure P. prit le soin, tout de même, de nous ordonner de revenir une semaine plus tard en rendez-vous privé pour peser Lou, seule « condition de sa sortie ».

La semaine suivante, nous attendions dans le couloir depuis une demi-heure quand elle arriva, et nous interpella, l'air étonné :

« Mais qu'est-ce que vous faites là ? »

Je regardai mon mari avec une connivence effarée par l'attitude de cette femme. Je lui rappelai, factuelle, notre engagement qu'elle avait complètement oublié.

En auscultant Lou – je ne l'oublierai jamais – elle lui jeta ces mots terribles à la figure :

« Eh bien, Lou ! Tu ressembles moins au "crevon" que tu étais quand je t'ai prise dans mon service ! C'est mieux !

— Je trouve que vous êtes dure, docteure, après tout ce qu'elle a surmonté, ce n'est pas très sympa ! » lui dis-je, en une formule édulcorée par le poids de ma bonne éducation, alors que je n'avais qu'une envie, c'était de l'étaler pour la transformer en crevon elle-même !

Comment des « pédiatres », qui plus est professeurs de médecine, peuvent-ils maltraiter des enfants de la sorte, être aussi maladroits ? Les soins sont une chose, mais le sens des mots a une portée tout aussi puissante : onguent un jour, poison un autre.

Décidément, Lou avait eu bien du mérite de résister à tout cela, et je regrettais amèrement sa gastro pour qu'elle la lui vomisse à la face.

Chapitre 8

Enfin ! Le cauchemar était terminé ! Je pouvais rentrer de la maternité avec mon bébé et mon mari, deux mois après avoir accouché ! Je me sentis soulagée. Je l'avais, enfin, « mise au monde ». Lou était une miraculée, dotée d'une force de vie inouïe. Comment avait-elle résisté à cette épreuve hors norme infligée dès sa naissance ? Je me consolais en me disant qu'elle avait eu la chance de naître en France, dans un pays riche, à la médecine réputée, où les hôpitaux sont bons, avec les moyens de la sauver… son caractère avait fait le reste.

J'avais eu si peur de la perdre. Je me sentais physiquement « sur les rotules ». Je n'avais quasiment pas dormi depuis des mois et, perturbée, Lou ne faisait plus ses nuits. Il fallait se réveiller pour le biberon de trois heures du matin, que mon mari et moi lui donnions en alternance. Paul devait jongler entre la vie à la maison et son activité professionnelle indépendante, pour laquelle il avait été si peu présent durant l'hospitalisation de Lou.

Nous nous retrouvions seuls, désemparés, livrés à notre parentalité marquée au fer rouge de notre peur, pour assumer la fragilité de notre enfant. Ma mère était une fois encore partie au loin rejoindre son compagnon, et le reste de notre entourage, présent naturellement au début, était retourné à son train-train quotidien.

Alors que, ô bonheur ! j'installais Lou dans *son* lit, je voyais la pâleur de sa peau si fine, et ses paupières quasi translucides papilloter au moindre bruit. Elle dormait mal, d'un sommeil peu réparateur, comme si elle craignait encore d'être réveillée brutalement par les infirmières à tout instant. Nous la bercions des heures durant, en musique, en câlins, mais elle luttait pour ne pas sombrer, comme si, au bout de la nuit obscure, elle craignait à nouveau d'y laisser sa vie.

À peine ses yeux se refermaient-ils, qu'ils se rouvraient aussitôt. Lou était devenue hypervigilante, comme moi, et le resterait. J'avais rapporté de l'hôpital un petit appareil de plastique blanc en forme de galet offert par la belle-mère de ma sœur, qui reproduisait le bruit d'un bord de mer, les battements d'un cœur ou encore l'eau d'un ruisseau, et cela la calmait.

Elle pleurait beaucoup, gênée par de terribles coliques du nourrisson, mais dès que son estomac la laissait en paix, elle souriait sans cesse, bien présente, et vocalisait de beaux « aaa ». Nous adoptions peu à peu une vie normale. J'avais trouvé un pédiatre très compréhensif qui acceptait de se déplacer chez nous pour ses consultations, évitant ainsi à Lou le bouillon de culture des salles d'attente, fortement déconseillé par les médecins.

Je fus très fière quand je lus l'appréciation qu'il avait inscrite dans son carnet de santé – épinglé de multiples médailles miraculeuses offertes par des amies de ma mère : « Très belle choupinette ! » Lou grandissait bien. La faire boire restait compliqué, et il chercha la formule de lait la plus digeste qui soulagerait ses maux de ventre, et le soja sembla bien fonctionner après moult échecs.

Une tante maternelle de mon mari avait eu la bonté de passer quelques nuits avec moi à la maison, me permettant un peu de répit après ces deux mois de marathon. Dormir pour tenir. Mais ce n'était pas simple, car Lou était nerveuse dès qu'elle me sentait loin d'elle.

Chaque jour était un délice. Délice que de la voir s'épanouir, de s'ouvrir au monde environnant, à la vie dans son entièreté ! Elle était gaie comme un pinson. Une véritable fontaine de joie nous éclaboussant de ses éclats cristallins… Sa nature profonde était la gaieté. La couleur gris-bleu de son iris semblait se confirmer ainsi que son teint de porcelaine, qui venait du côté de Paul. Elle était heureuse de vivre, et moi de la voir ainsi fleurir, de notre amour abreuvée. Le boulot ne cessait de m'appeler pour me proposer des missions à droite et à gauche… Mais après cette expérience, je sentais qu'il était bien trop tôt, pour elle et pour moi… elle avait tout juste six mois, et dans la sempiternelle question des femmes actives m'exposant leur kit parfait de « mères professionnelles et épouses » en miroir, et insistant, l'air soucieux : « Tu reprends quand le boulot ? », je voyais bien qu'elles ne comprenaient rien à ce que j'avais vécu, et encore moins à ma décision de rester avec Lou, qui n'avait pas le droit d'aller à la crèche vu ses faibles défenses immunitaires. J'avais refusé des remplacements aux quatre coins de la France, sans estimer devoir mentionner à mon employeur ce qui m'était tombé sur le coin de la figure. En effet, j'avais compris que, dans notre société moderne, l'épreuve, loin d'être considérée comme initiatique, effraie, telle une maladie honteuse ou contagieuse. Ainsi je décidai d'effectuer ma reprise d'activité dans une école de journalisme à Paris où j'enseignais et pouvais gérer à peu près mon emploi du temps, ou de réaliser des films institutionnels occasionnels, en gardant à l'idée de retourner plus tard sur le terrain.

C'était l'été. Lou barbotait sous la chaleur du Sud avec sa petite bouée rouge et blanc dans le joli bassin de pierre de la maison de mes beaux-parents, dans le Sud de la France. Les vacances, la chaleur rafraîchie au rosé et les cigales stridulantes. Douceur estivale en famille… Dans l'eau claire, elle s'ébattait, tapant du plat de sa main potelée l'onde verdie, un petit chapeau en liberty fuchsia sur la tête cachant ses petits cheveux blond vénitien sur son crâne aplati.

La soupe au pistou, les rigolades, le partage. Une pause aérienne dans notre quotidien tendu par la fatigue et le stress des infections hivernales à répétition.

Lou avait commencé à manger des purées faites maison, mais la nourrir restait un exercice fastidieux. Elle faisait souvent des fausses routes, et j'avais dû épaissir ses aliments, qu'elle mettait souvent plus d'une heure à terminer. J'avais développé une patience infinie frisant le défi. Je remarquai que, curieusement, seuls les petits pots industriels de haricots verts glissaient sans effort. Nous restions marqués par sa naissance plus que compliquée et sa fragilité physique, et il était très difficile pour notre entourage de comprendre nos appréhensions, pourtant bien légitimes.

Je devais essuyer les conseils ou les observations maladroites de ma belle-mère, animée probablement des meilleures intentions. Un jour, peut-être vexée que sa petite-fille ait vigoureusement repoussé sa purée du bout de la langue, elle plongea son index non lavé dans le pot de légumes verts que je venais de stériliser et que j'étais en train de donner à Lou, et me dit de manière détournée qu'elle avait bien du mérite de manger cette mixture au « goût de poussière ». Je devais encore faire face à des critiques ne disant pas leur nom, condamnant la serviette de bain pas assez chaude, les habits trop ceci ou trop cela, le choix du lait adopté par défaut pour la faire grossir. Notre situation, terrible et inédite était comparée au fait d'avoir d'élevé quatre enfants à la santé insolente. Je savais ne pas être la seule à vivre cela, mais je me retrouvai alors face à l'immensité d'une solitude triste doublée de la culpabilité de me sentir jugée comme une mère pas à la hauteur de son rôle. Je me « faisais trop de souci », « ne prêtais » pas assez mon enfant, ne « devais pas tant écouter les médecins », il fallait que j'apprenne à « la lâcher un peu plus », etc. Et ma mère, si loin ! Famille, comme je te hais parfois ! Comment les autres pouvaient-ils comprendre notre vécu ? Se mettre à notre place ?

Au bout d'une semaine, un soir, Lou se mit à vomir. La chaleur du Sud se ressentait fortement dans notre chambre sous le toit. Je la réhydratai, pensant à un coup de chaleur, et, stressée, cherchai un thermomètre. Or il n'y en avait nulle part dans la maison (évidemment, personne n'était jamais malade !), et j'avais oublié le mien (acte manqué ?). On me rassura : j'étais bien trop inquiète, cela allait passer…

Le lendemain j'insistai pour aller en acheter un. Trente-huit sept. Je donnai à Lou des antalgiques, craignant l'hôpital, mais je pris quand même un rendez-vous d'urgence chez un pédiatre local, par sécurité, car elle vomissait toujours. Le couperet tomba : la fièvre grimpait, l'examen clinique indiquait qu'il fallait filer aux urgences pédiatriques. Je me sentis défaillir à l'annonce du médecin : « Non ! ce n'est pas possible ! », mais j'étais prête, bien plus que la famille totalement catastrophée par cette nouvelle. Je revêtis à nouveau mon armure de soldat, forte de mes expéricnces passées, aidée aussi par l'adrénaline qui me poussait, et nous filâmes avec Paul à la clinique la plus proche en pilote automatique.

À l'auscultation, Lou avait la nuque raide et était en hyper-extension (ce qui n'était pas nouveau pour nous), et l'on suspecta en premier lieu une méningite ! En attendant les résultats de l'analyse d'urine, on nous rassura, nous expliquant que tout rentrerait dans l'ordre avec des antibiotiques.

J'étais atterrée, angoissée au plus haut point, mais pas vraiment effondrée, comme durant tous ces mois de lutte où j'avais peu, ou si peu craqué... Peut-être aurais-je dû, pour évacuer toute cette tension... ? Mais, même en étant impuissante, je voulais me battre, avec elle, contre tous les obstacles que nous croisions, être son Jiminy Cricket, qui lui soufflait sans cesse à l'oreille que « tout irait bien », que, quoi qu'il se passe, on s'en sortirait toujours.

« Votre fille a une pyélonéphrite. Elle est en choc septique. Il faut l'hospitaliser d'urgence », nous annonça le médecin.

C'était reparti. Quand j'entendis les mots « hôpital » et « septicémie », une nouvelle vague d'angoisse me submergea à l'idée de projeter Lou dans cette boucle infernale.

Mais enfin ! En deux jours seulement ! Quel sombre sort lui avait donc été jeté à la naissance ? Quel mauvais génie s'était penché au-dessus de son berceau ? J'étais révoltée. À quoi bon naître si c'était pour souffrir autant ? Mon mari et moi étions désespérés, et nous nous raccrochions l'un à l'autre comme deux âmes en peine. Il fallait faire face pour conjurer ce nouveau revers du destin.

Lou fut rapidement transférée en ambulance à l'hôpital Mère-enfant d'une grande ville voisine, un pôle d'excellence où elle fut admise au service de soins intensifs. Une infection rénale qui avait flambé ! Ma petite fille se retrouvait une fois encore dans de sales draps ! Plus proche de l'ombre que de la lumière... Et l'on m'arrachait à nouveau mon bébé !

Je m'en voulais alors de ne pas m'être écoutée, de m'être laissé impressionner par le discours culpabilisant sur « la mère trop angoissée ou possessive » tandis que mes tripes me disaient bien qu'il fallait agir, et vite !

Je me fis alors la promesse de n'écouter que mon instinct, puisqu'il me donnait toujours raison quand j'observais *ma* fille, que j'étais *la seule* à connaître véritablement, mieux que quiconque, moi sa mère, au plus proche d'elle ; n'en déplaise à ceux qui pensaient l'inverse et me faisaient la morale alors qu'ils ne gravitaient qu'à la périphérie de ma fille. D'ailleurs, notre symbiose initiale avait déjà sauvé la vie de Lou à plusieurs reprises, car je pressentais les événements avant leur survenue.

À l'arrivée à l'hôpital, je lui expliquai avec des mots simples la nouvelle épreuve que nous allions encore devoir traverser ensemble, la rassurai en la caressant et déposant un baiser sur son front, puis je la remis à une infirmière, n'ayant pas le droit cette fois de l'accompagner, ce qui me creva le cœur. Les minutes s'étiraient sous le soleil chaud de l'après-midi. Nous patientions, inquiets, dans le service de soins intensifs, et par une porte entrouverte sur un box, j'aperçus une mère assise près de son fils de six ans environ, inconscient, placé sous respirateur artificiel. Elle allaitait son bébé, tout en gémissant, étreinte par une culpabilité incommensurable.

« Je t'allaitais ! Je n'ai pas vu quand ton frère est tombé dans la piscine ! Ce n'est pas ma faute ! Prie pour lui Charles, je t'en supplie ! C'est très grave. »

Des frissons me parcoururent le dos. L'accident « bête » que vivait cette famille me renvoya au pronostic vital engagé de Lou quelques mois plus tôt. Je compatissais en la regardant, et pensais à son nouveau-né ; le lait de sa mère devait tourner à cause de l'angoisse... Quand allions-nous sortir de ce souterrain de la mort ? Son enfant allait-il s'en sortir ? Et ma fille ?

L'infirmière revint, tout sourire.

« C'est bon, vous pouvez aller la voir, madame ! Elle ajouta : Vous êtes sûre qu'elle a sept mois ? Parce que... elle vous a appelée, votre fille ! Elle a dit "maman" ! »

C'était impossible, Lou allait avoir huit mois le lendemain. Elle babillait, « mam, mam », simplement.

« Si, si ! On s'est même toutes regardées et on lui a demandé si elle avait vraiment sept mois ! Elle vous a clairement appelé “maman” », me répondit l'infirmière impressionnée.

J'étais stupéfaite. Bouleversée. Son premier mot était « maman » ! C'était incroyable. J'étais attristée aussi, car j'avais été absente quand elle avait eu besoin de moi. Ce que je considérais comme un SOS de sa part était resté sans réponse, et cette idée culpabilisante me rongea sur le moment.

Nous revivions ses examens douloureux : les prises de sang, les prélèvements dans l'urètre, les échographies, le sommeil interrompu au beau milieu de ses rêves, ses pleurs et notre incapacité à soulager sa douleur. Tous les jours elle arrachait ses sondes, du nez, des mains et il fallait la repiquer, recommencer ; je la retrouvai un matin avec une aiguille piquée au sommet du crâne ! Je me surpris alors à prier pour que la perfusion reste en place et qu'elle ne l'arrache pas.

Lou en avait assez, et affirmait déjà un caractère bien trempé. Ce jour-là, sous nos yeux, elle tenta d'ôter le cathéter de sa tête, et mon mari me dit en riant à moitié :

« Elle en a tellement bavé que tu verras, quand elle sera grande, elle aura un caractère de chienne ! » Dans le sens de pulvériser l'impossible, dépasser ses limites, oui, mais toujours avec cette joie ineffable entrecoupée d'inévitables crises d'angoisse.

La situation était tendue, suspendue une fois encore à elle, et, avec l'aide des antibiotiques elle réussit à vaincre la septicémie... Quinze jours plus tard elle allait mieux ! Je songeai à quel point cette enfant était résiliente, au sens littéral du terme, la « capacité d'un matériau à résister aux chocs répétés ». Lou se requinquait. Mais quelles seraient les séquelles invisibles, ou psychologiques ?

Ma mère et sa marraine étaient venues la voir à l'hôpital, préoccupées par la situation. Elles lui chantaient des chansons en anglais, lui lisaient des histoires, ce qui régalait Lou.

Le dernier jour, il nous fallut faire une échographie de sortie pour vérifier le rein, et un prélèvement difficile, dans l'urètre. Une interne brune d'une trentaine d'années arriva, sûre d'elle, froide. Elle parlait à Lou sans affect. Elle introduisit la canule et Lou grimaça immédiatement de douleur, puis cria malgré l'anesthésiant local. Comme à chaque fois, je lui dis que ce n'était qu'un mauvais moment à passer, et en quoi cet examen était utile. Mais au fond de moi, je souffrais autant qu'elle ! Si j'avais pu le subir à sa place ! L'interne recommença trois fois, car la sonde ressortait automatiquement. Je lui demandai davantage d'anesthésiant local, ou d'agir avec plus d'efficacité car Lou avait mal.

« Mais non, madame ! Elle a peur, c'est tout », fut sa réponse. J'étais furieuse de tant d'indifférence affichée.

J'éclatai :

« Vous pensez sérieusement qu'une enfant de huit mois joue la comédie quand elle pleure pendant votre geste douloureux ? ! Vous avez vu son visage ? ! Avez-vous déjà subi cet examen, vous ? » Pas de réponse.

« Moi oui ! Moi je sais ce que c'est, et ça fait très mal, figurez-vous ! Alors on arrête tout de suite le massacre ! Vous ne la touchez plus ! On ira en ville, ou alors, j'accepte, mais à l'unique condition qu'un senior, qui sache faire son travail, le fasse ! » J'étais saisie d'une révolte enragée, et elle me regarda, avec respect cette fois, offensée peut-être d'avoir échoué et de ne pas s'être imposée sur le plan médical. Une médecin plus âgée la remplaça ; calme, elle tenta vaguement de justifier la nullité de son interne, effectua le geste en deux secondes, et colla un sparadrap sur le plastique, le tour était joué. Elle prit le temps d'expliquer à l'interne le coup du sparadrap. C'était aberrant… Toute cette scène de torture aurait pu être évitée avec un simple ruban adhésif… ! Et cette question qui me revenait, lancinante : « Comment des médecins en pédiatrie peuvent-ils à ce point se ficher de la douleur de l'enfant, comme si c'était un cobaye ou une "comédienne" ! ? » Un bébé joue la comédie, c'est bien connu !

Nous rentrâmes à la maison familiale que nous avions quittée pendant quinze jours de ces drôles de vacances, et de manière extraordinaire, Lou, à peine de retour, ne semblait pas fatiguée du tout, irradiait de bonheur, comme si de rien n'était, elle rigolait, gloussait. Elle avait parfaitement compris que cet épisode était derrière nous, elle qui pourtant ne parlait pas, elle savait que c'était fini ! Je trouvais hallucinant son appétit pour la vie qu'elle croquait à pleines gencives !

Chapitre 9

Je disposai une à une les framboises rebondies dans la gelée de groseille étalée sur la pâte sablée que je venais de faire. Comme chaque été depuis mon enfance, nous étions dans la maison de mes grands-parents dans les Alpes, pour profiter du soleil, de la grande piscine chauffée, respectant la tradition familiale destinée à écouler la production de fruits rouges du potager de mon grand-père qu'il binait avec acharnement.

Dans la cuisine aux larges carreaux blancs et jaunes, Lou pédalait dans son fauteuil blanc à bascule. Le vertige du balancement la ravissait, et je m'attendrissais en la voyant dans sa mini-culotte bouffante beige avec son rire révélant trois petits grains blancs tout juste apparus.

À onze mois, elle ne tenait toujours pas assise. Mais elle pétillait. D'une étincelle particulière, soulignée par un sourire ravageur.

Elle parlait déjà, avec des phrases parfaitement structurées. Son humour se dessinait peu à peu, singulier ; ainsi du jour où, à l'ombre du parasol posé sur la grande terrasse, dans les bras de son père dont elle caressait le torse de ses petits doigts malhabiles, retirant la tétine de sa bouche, elle dit en souriant, avec son petit cheveu sur la langue, « C'est le plumeau de papa ! ». Nous avions tellement ri de cette saillie si inattendue et si atypique ! Elle avait découvert la veille cet ustensile fait de plumes dans un placard et avait demandé à quoi il pouvait bien servir. Nous étions plus que surpris de sa capacité d'analogie avant un an !

C'est à neuf mois qu'elle découvrit, chez ses grands-parents paternels, le sens du verbe « appuyer », grâce à son oncle Oscar jouant avec l'interrupteur d'un lustre ancien de la salle à manger. Tout son visage se métamorphosa sous l'effet de cette profonde révélation. Elle s'exclamait, folle de joie : « appuyer ! appuyer ! », et *clic*, *clac*, jour, nuit, la magie opérait : le miroitement des pampilles illuminées sous l'action du mot la fascina comme si elle avait découvert la pierre à feu. Elle jubilait ! Elle venait de comprendre la puissance des mots, leur sens directement connecté à l'apparition de la clarté qui chasse l'obscurité… Quel symbole !

Lou adorait les mots. Très tôt, elle montra des prédispositions incroyables pour les langues, avec un penchant particulier pour les adverbes. « J'ai *quasiment* terminé maman ! » disait-elle à vingt mois, ou « Je retire "l'opercule" du yaourt », prononça-t-elle devant sa future kiné qui en resta pantoise. Elle passait son temps à écouter des CD de contes de fées ou d'autres d'histoires, remarquant le vocable le plus compliqué, curieuse, amusée par « inconditionnellement », son favori.

Lors de l'auscultation pour ses treize mois, le pédiatre, le docteur R., n'eut pas l'air de se soucier du fait qu'elle ne tenait pas encore assise. « Ça peut venir plus tard », me rassura-t-il.

Ce jeune quadra aux cheveux courts et noirs portait des lunettes rondes comme son visage. Il m'était sympathique. Il sut tisser un lien de confiance avec Lou, étant à l'écoute, curieux, gentil. Je lui annonçai, fière, que j'étais enceinte de jumelles.

Une nouvelle page s'ouvrait, refermant celle des dix derniers mois, si durs. J'y voyais comme un printemps allégorique, un renouveau dans ce bourgeon de vies prêtes à éclore dans notre arbre familial. J'avais toujours rêvé d'avoir une famille de trois enfants.

Si la gémellité fut une surprise pour moi, elle ne le fut pas du côté de Paul dont les ancêtres comptaient des jumeaux. Ce n'en fut pas une non plus pour ma gynécologue qui m'apprit que le cas était fréquent pour les grossesses tardives. Je me sentais portée par l'énergie d'un bonheur nouveau, me demandant combien je pèserais à terme, vu les quinze kilos pris pour Lou !

Le docteur R. me félicita, et me proposa, à l'issue du rendez-vous, de consulter une ophtalmologiste pédiatrique pour corriger un strabisme convergent qui semblait s'installer chez Lou.

Dès la première visite dans le cabinet, la docteure G. nota tout de suite la dilatation excessive de ses pupilles, la fameuse « mydriase » que l'on m'avait présentée à l'hôpital comme un effet secondaire dû à la morphine. Elle éclata d'un rire jaune : « On vous a vraiment dit cela ? Non : la mydriase bilatérale montre qu'il y a eu souffrance du système parasympathique. C'est une séquelle neurologique. »

Une fois de plus, j'étais dans l'incompréhension la plus totale. Personne en treize mois ne nous en avait jamais parlé, ni en cardiologie, ni en réanimation, ni en pédiatrie générale ni dans le service de pneumologie, ni même mon pédiatre de ville ! Je tombais des nues. L'ophtalmologiste m'expliqua alors que le nerf vague servait à mobiliser le muscle de l'ouverture de l'iris. Si les pupilles avaient été rendues fixes, « aréactives », c'était lié à un manque d'oxygène du cerveau. J'ignorais ce que pouvaient être les conséquences d'un tel phénomène, et la docteure G. me renvoya en parler au pédiatre pour nous indiquer la marche à suivre.

En attendant, Lou suivrait des séances d'orthoptie, et porterait des lunettes à caches teintées pour préserver sa vue.

Toutes ces informations brutales me parvenaient en désordre, sans que je parvienne à les raccrocher les unes aux autres : des lunettes pour bébé, une souffrance neurologique, de la rééducation oculaire… Décidément rien n'était simple… De quoi souffrait ma Lou exactement ?

De retour chez le pédiatre de ville, j'exposai le bilan de l'ophtalmologiste, un peu agacée d'avoir appris tout cela par hasard. Il prit un air embarrassé, et me dit avec mille précautions :

« Je comprends… mais je ne pouvais pas vous le dire vu votre état !

— Je ne suis pas en sucre, docteur ! rétorquai-je sidérée par sa réponse. Je préfère savoir !

— Que voulez-vous ? À part rentrer chez vous avec un paquet de Kleenex, il n'y a rien à faire… » me dit-il, l'air visiblement ennuyé.

J'étais effarée. J'avais encore Lou sur les genoux que j'étais en train de rhabiller. Cette fois-là, elle n'avait d'ailleurs pas trop hurlé, alors qu'elle avait développé une véritable aversion pour les visites chez le médecin. Je le bombardai de questions car je ne comprenais rien, mais il resta très évasif, m'expliquant qu'avec des séances de rééducation on pouvait la « stimuler » physiquement.

Une kiné brune d'une vingtaine d'années vint lui passer une brosse à dents sous le pied droit deux fois par semaine, pour « stimuler » Lou et jouer avec elle. Elle travaillait uniquement à domicile, sans aucune spécialisation. Lou acceptait bien les séances qui me semblaient plutôt légères. Nous restions cependant dans un flou artistique sur la suite : aucun conseil ne nous avait été dispensé, aucune information précise non plus. Nous avions juste compris que tout s'arrangerait avec le temps.

Puis vint ma deuxième échographie fœtale à la maternité. Et comme si le destin s'acharnait contre nous, on m'annonça, à cinq mois de grossesse, que je ne pouvais pas garder mes filles, atteintes d'une myopathie sévère.

Le gynécologue venait de me l'annoncer d'une voix blanche et je m'écroulai en larmes, accablée, devant son bureau. Le sol semblait vouloir m'avaler avec mon gros ventre de sept kilos. Mon mari, attristé, m'étreignit la main. Le corps médical avait voulu attendre tout ce temps pour « être certain du diagnostic », car la décision à prendre était très grave. Le médecin se justifia : elles ne survivraient pas si elles allaient à terme. Il ajouta à l'intention de mon époux : « Il faudra être doux avec votre femme ces prochains mois, monsieur. »

J'étais maudite ! Pourquoi, devenant mère, devais-je endurer tout cela ? Pourquoi nous ? Pourquoi moi ? ! Personne dans l'histoire familiale, des deux côtés, n'avait eu ce type de pathologie ! Nous collectionnions bien sûr les maladies dites classiques mais aucune maladie génétique, ni jamais de cardiopathie ! C'était absurde, fou !

Les questions fusaient dans ma tête. Avais-je rencontré la mauvaise personne ? Où étaient passées l'insouciance et la légèreté de ma vie d'avant ? Que nous arrivait-il ?

Après cet épisode funeste, mon dos devint douloureux, en permanence. Tel un fardeau qui ne me quittait plus, une douleur lancinante s'invita et élut domicile dans mes lombaires. Les semaines qui suivirent l'accouchement thérapeutique, j'étais broyée par un chagrin informe, sans véritables pleurs et, personne, en dehors de Paul, ne paraissait partager ma peine. Nos proches semblaient indifférents, ne m'engageant guère à m'exprimer ; ils étaient sans doute gênés par un sentiment d'impuissance face à mon désespoir. Leurs réflexions inadaptées me renvoyaient à ma dure tristesse, je n'étais ni « accueillie » ni consolée, comme cette fois où, submergée par l'émotion, je fondis en larmes et entendis prononcer un efficace « Je ne peux me mettre à ta place » qui me plongea dans un sentiment de solitude encore plus profond.

Cela avait commencé lorsque j'étais rentrée chez moi retrouver ma fille qui avait été gardée, après que j'eus passé trois jours à « l'abattoir thérapeutique », vide de mes enfants. Je reçus en guise d'accueil un empathique « Lou ne t'a pas du tout réclamée. L'essentiel est qu'elle n'ait pas été perturbée ! ». Incroyable indifférence affichée… pudeur assassine. C'est comme si l'amour des miens, pourtant bien présent, ne s'exprimait qu'à travers cette distance froide, clinique, protectrice peut-être, mais qui me laissait exsangue. Ou alors, cet amour se manifestait bien, mais de façon décalée, jamais au moment où j'en ressentais le plus le besoin. Trop écrasée par ce surplus d'émotions accumulées depuis deux ans, je fus chaque fois dans l'incapacité de le dire sur le moment, sauf parfois en me cabrant, comme le taureau tisonné avant sa mise à mort est animé d'un sursaut vital.

Pendant trois mois je me sentis hors de mon corps, hormis cette piqûre dans le bas de mon dos qui me rappelait mon vécu. Je pleurais en donnant les cuillerées des premiers petits pots de fruits à Lou. Ma mère, qui avait été présente pour l'accouchement, était repartie voguer sur les eaux turquoise de la Guadeloupe... Chacun vaquait à la recherche de son bonheur. Vivre avec ma peine ressemblait pour moi à une traversée en solitaire... Mon amie Nathalie eut alors l'idée merveilleuse de me procurer le nom d'une professeure de yoga pour m'aider à juguler mes divers maux du corps et de l'âme, et cela me changea la vie.

À la demande de la généticienne de la maternité, Lou qui avait alors quinze mois, rencontra la professeure Amiel-Tison pour subir un examen neurologique complet qui devait permettre d'écarter l'hypothèse de la myopathie.

Sur place, la neuropédiatre nous reçut avec beaucoup d'égards. Elle avait conservé une consultation en tant que bénévole, malgré ses quatre-vingts ans passés. Cette femme svelte, aux cheveux courts couleur de neige, passionnée, avait été l'une des pionnières en neuropédiatrie à être nommée professeur de médecine. C'était une sommité dans son domaine. Elle était lumineuse, inspirante, pleine de bonté. Son regard bleu lavande respirait une intelligence hors du commun. Elle nous informa fièrement être la sœur de feu la créatrice des Barbapapa, et quand l'hôpital ferma ses portes, elle assura ses consultations dans l'appartement de sa fille qui regorgeait des formes colorées et moelleuses de cette famille atypique, où tout était possible grâce aux « Barba solutions ». Au fond, cela lui correspondait tellement !

À l'hôpital, elle prit un bon moment pour regarder Lou, l'observer, tester ses réflexes, lui parler et nous poser des tas de questions. À la suite de l'examen clinique détaillé, elle conclut, sereine et rassurante :

« Lou n'a absolument pas de myopathie ! C'est une excellente nouvelle. En revanche, elle souffre d'une anoxie cérébrale, avec une atteinte plus sévère à droite. Elle a manqué d'oxygène, et cela a endommagé une partie de son cerveau dans la zone dédiée à la motricité. C'est véritablement un miracle que la lésion se soit arrêtée au bloc moteur ! Je peux vous dire que toutes ses fonctions supérieures sont intactes. Elle est même très vive ! Elle pourra récupérer, avec de l'aide. »

Pour la première fois depuis quinze mois, un diagnostic véritable était posé. Enfin ! Je me sentais presque soulagée d'apprendre cette autre mauvaise nouvelle ! Lou allait vivre ! Avec des adaptations… mais vivre ! Mon mari, lui, restait sans voix, attristé par ce nouveau coup, mais rassuré par la bonté et le professionnalisme de cette femme.

Je me raccrochais au fait que ma fille n'avait pas de maladie neurodégénérative. En revanche, vu les risques génétiques (une chance sur quatre que la pathologie ressurgisse), je décrétai devant Claudine Amiel-Tison que je ne ferais plus jamais d'enfant. Elle me sourit avec compassion et me dit :

« Stéphanie, ce que vous avez vécu est terrible. Mais Lou, elle, va bien ! Elle n'a rien de grave, et ne peut qu'évoluer positivement maintenant. »

Personnellement, je n'avais jamais eu le moindre doute sur son intelligence : sa vivacité et sa curiosité intellectuelle me prouvaient à chaque instant à quel point elle avait soif d'apprendre.

Je lui avais acheté les comptines du monde entier et à force de les écouter elle les chantait dans toutes les langues sans même les comprendre : en anglais, mandarin, portugais, créole et en espagnol, qu'elle parla couramment sans accent à deux ans, passant d'un idiome à l'autre en toute facilité grâce à Maria. Après la perte des jumelles, nous avions recruté cette Colombienne pour m'aider à m'occuper de Lou. Une femme méritante, courageuse et profondément gentille. Au fil des mois, j'appris à lui confier ma puce, lui expliquant ses prises en charge spécifiques, et je finis par la considérer quasiment comme mon double.

Nous nous amusions beaucoup avec Lou, car sans savoir encore lire, elle récitait les histoires mot à mot après les avoir entendues deux fois. Elle tournait toujours les pages au bon moment. Quand le sens d'un terme lui échappait, elle faisait une pause : « Maman, ça veut dire quoi ce mot ? »

et une fois qu'il était compris et intégré, elle se le répétait, les yeux étincelants, jusqu'à la maîtrise parfaite de la diction. Les mots l'élevaient, la faisaient vibrer, et elle les savourait avec délices.

Lou avait conservé le schéma inné de la marche puisque quand on la maintenait debout, elle mettait naturellement un pied devant l'autre. Seul son manque de tonicité musculaire faisait s'affaisser son tronc – sa colonne ne tenait pas – et l'empêchait d'avoir un quelconque équilibre. Pour l'aider à tenir assise, le professeur Amiel-Tison nous avait conseillé l'acquisition de matériel ergonomique qui la soutiendrait et libérerait ses mains afin qu'elle puisse jouer et explorer. Sa préhension était prioritaire, selon elle : ce serait « son passeport social », avait-elle souligné.

Je m'attachai à cette figure tutélaire avec la ferme intention d'aider ma Lou à marcher ! C'était notre défi à relever, le combat de notre vie, à toutes les deux. Nous lutterions ensemble, dans un corps-à-corps mère-fille. J'étais convaincue qu'avec mon amour et celui de son papa en énergie, elle gravirait des montagnes.

Claudine Amiel-Tison venait régulièrement déjeuner à la maison pour voir évoluer Lou et devint quasiment un membre de notre famille. Elle disait être étonnée par la capacité des enfants avec un handicap moteur à investir leur intellect et quand, à deux ans, Lou me demanda : « Maman c'est quoi l'univers ? C'est quoi ma vie ? Toi tu es journaliste ? Et moi ? C'est quoi ? », elle rit beaucoup de tant de vivacité et le consigna dans un formulaire destiné aux parents d'enfants IMC[1]. Elle revint sur l'importance de refaire un bébé, pour Lou et pour nous, et face à mon refus catégorique, elle eut cette phrase bouleversante : « Ma chère Stéphanie, la vie sera toujours plus forte que la mort. Soyez-en certaine… »

Ses mots, telles des pépites sur le sentier de mon souterrain obscur, métamorphosèrent ma vision du monde et cette femme me redonna confiance et espoir, malgré l'épreuve. Il est vrai que je lui accordais un crédit particulier, car elle me paraissait particulièrement légitime en tant que mère et pédiatre, faisant face à la maladie et à la mort au quotidien. Elle avait réussi à conserver une philosophie résolument optimiste, tout en se revendiquant athée !

Ses paroles eurent une résonance profonde en moi, et ainsi Aurélien fut-il conçu quelque temps après, pour notre plus grand bonheur.

Le professeur Amiel-Tison nous avait proposé des solutions pratiques sitôt le diagnostic posé : il fallait que Lou fasse de la rééducation motrice intensive de type Le Métayer, une méthode adaptée aux enfants cérébrolésés (elle pesta contre les « pseudo-séances à brosse à dents » à la maison), qu'elle porte des attelles, s'étire régulièrement pour freiner le rétrécissement des muscles dont

1. Touchés par une infirmité motrice cérébrale.

elle n'avait plus la commande cérébrale, mette le paquet sur la motricité fine, et on devait surveiller sa vue.

L'assistante sociale de la Protection maternelle et infantile nous orienta vers un centre adapté près de chez nous, une association où les places étaient rares ! Lou allait désormais avoir un agenda de ministre avant même son entrée en maternelle... Les locaux étaient peu spacieux. Deux ou trois kinés seulement y travaillaient. Célestine, une ravissante et charmante jeune femme à la chevelure rousse, prit Lou en charge trois fois par semaine. Je remarquais chaque fois sa douceur et sa patience infinie avec notre bébé, encore bien traumatisé par ses expériences hospitalières, et qui n'était pas toujours disposé à exécuter les exercices qu'elle lui demandait, tant cela lui coûtait sur le plan moteur. À dix-sept mois, quand on est censé explorer et jouer avec insouciance, que pouvait-elle bien comprendre ?

Célestine asseyait Lou contre elle, et lui chantait des chansons douces en lui étirant les jambes et les pieds. Elle lui parlait sans cesse, l'encourageait quand il le fallait, l'allongeait sur un gros ballon de gym orange pour détendre son dos et la faire se redresser en position assise, lui faisait gravir des petites collines aménagées en l'aidant à ramper, la faisait jouer avec des cubes à trous pour lui délier les doigts, et parfois, lorsque les pleurs ou les découragements inévitables apparaissaient, lui faisait de gros câlins réparateurs ou des blagues divertissantes. J'échangeais beaucoup avec elle, et son écoute bienveillante, qualité rare, me faisait du bien. Elle nous donnait beaucoup de conseils utiles, confectionnait à Lou des assises en plâtre pour la maison. J'appréciais sa douceur compréhensive, surtout quand j'entendais certains kinés crier d'impatience. J'en frémissais pour l'enfant déjà accablé par son état.

Au fil du temps se construisit une authentique relation de confiance et d'amour entre elles, puis d'amitié entre nous. Lou parfois se décourageait de ne pas réussir et Célestine était son soutien sans faille, sa coach : « Tu peux y arriver, Lou ! Tu en es capable ! Je le sais ! », ou la secouait si nécessaire : « Là tu exagères ! Essaye au moins ! » ; elle endossait encore le rôle de la psychologue quand elle pleurait : « Qu'est-ce qui ne va pas aujourd'hui, Lou ? Tu veux m'en parler ? »

C'était poignant à voir. Et quand le film *Million Dollar Baby* de Clint Eastwood sortit au cinéma, histoire bouleversante d'un entraîneur et de son athlète, je ne pus m'empêcher de faire un parallèle tant ma fille était soucieuse de bien faire par affection pour Célestine et tant sa kiné avait à cœur de la faire progresser.

Nous avions compris que Lou évoluerait tant qu'elle serait stimulée au maximum de ses capacités. Il fallait être patients, devenir des marathoniens, mais sans podium à l'arrivée et ce pendant de nombreuses années.

Malgré son caractère très fort, ma fille devint anxieuse. Elle ne se plaignait jamais de son impossibilité à se mouvoir, même si parfois elle piquait des colères à faire trembler les murs, mais toujours pour des soucis périphériques à son handicap dont elle évitait soigneusement de parler. Il faut dire qu'elle en avait aussi assez qu'on la touche sans arrêt depuis la naissance, à lui faire des piqûres, de la kiné respiratoire, qu'on la sollicite ou exige d'elle des efforts, qu'on la réduise à une pathologie. D'une certaine manière, son enfance lui avait été volée, mais son euphorie naturelle et notre amour la sauvaient.

Sa rééducation motrice consistait à reproduire plusieurs fois des mouvements qu'un bébé ferait instinctivement (ramper, avancer à quatre pattes, etc.) pour recréer une connexion neuronale dans une autre zone, grâce à la plasticité du cerveau. Elle devait se concentrer pour exécuter consciemment le mouvement, mémoriser les diverses étapes pour le reproduire, et elle progressait. Que d'efforts !

Mais à vingt-trois mois, nouveau coup de théâtre. Un soir de décembre 2010, Lou fut prise d'une forte fièvre avoisinant les quarante degrés. Nous avions déménagé pour être proches de l'hôpital en cas d'urgence, notre ancien appartement au quatrième étage sans ascenseur étant devenu impraticable.

Elle traînait un rhume sans température depuis une semaine, que l'on traitait en lui lavant au quotidien le nez avec un sérum désinfectant. Depuis le temps, je m'étais formée, et transformée, en infirmière particulière, kiné, ergothérapeute, orthoptiste, puéricultrice, auxiliaire de vie, psychomotricienne, psychologue, le tout en plus du savoir-faire maternel de base, habituée que j'étais à soigner ses nombreuses infections hivernales comme ses terribles gastro-entérites ou ses bronchites régulières qui égayaient nos nuits déjà courtes.

J'étais hyper-attentive au moindre signe physiologique différent. Il n'était pas rare de devoir faire intervenir un kiné respiratoire à la maison à la période froide, car à son âge, Lou n'arrivait toujours pas à se moucher ou à tousser efficacement par manque de tonus musculaire. Dès qu'il franchissait le pas de la porte, la pauvre pleurait déjà. Elle savait qu'on allait encore l'embêter.

Ce soir-là, j'appelai SOS Médecins pour qu'ils viennent à domicile, car elle avait développé une réelle aversion pour les blouses blanches et les salles d'attente. Un homme dégingandé se présenta au bout d'un quart d'heure et entra en demandant où se trouvait l'enfant, sans prendre le soin de se laver les mains, ce que je notai immédiatement comme un mauvais point. Je lui proposai le robinet de la salle de bains et il rétorqua qu'il s'était désinfecté les mains juste avant de venir ici. Or j'avais failli perdre Lou deux fois, je connaissais les protocoles de désinfection par cœur, les germes collés sur tous les supports, et les poignées de porte en particulier… J'insistai et il finit par accepter en me fusillant du regard. Il l'ausculta en cinq minutes et diagnostiqua une angine. J'étais persuadée que ce n'en était pas une. Lorsqu'elle avait une angine, la voix de Lou s'altérait distinctement et sa gorge virait au vif carmin. Ce n'était pas le cas. Mais il était formel, et diplômé… pas moi, alors il s'en fut en me laissant une ordonnance.

Je n'y croyais pas du tout et suivant à nouveau mon instinct, je pris un rendez-vous d'urgence chez notre pédiatre, à deux cents mètres de chez nous. Elle mesura son taux de protéine C réactive – qui augmente rapidement en cas d'inflammation – sur une goutte de sang. Le chiffre explosait la norme, et elle conclut, après avoir écouté ses poumons : « Il faut que vous couriez aux urgences. Lou a une pneumopathie sévère. Je suis désolée. »

Cette même sensation d'être dans un ascenseur qui tombe brutalement m'étreignit, en même temps que ma raison me poussait à rassurer Lou quand je ne l'étais pas du tout moi-même. Cette obsession de la protéger à tout prix.

Marqués par nos expériences stressantes dans les derniers hôpitaux, nous optâmes pour un établissement hospitalier que nous ne connaissions pas, donc vierge de tout souvenir désagréable. Accueil adorable aux urgences et prise en charge rapide.

Après une radio des poumons, le diagnostic fut confirmé : c'était une pneumopathie. Prise de sang cauchemardesque, résurgence des traumatismes passés… Je cajolais Lou du mieux que je pouvais. C'était éprouvant. Ils la perfusèrent directement avec un antibiotique à large spectre. Ouf ! tout allait rentrer dans l'ordre maintenant.

Selon le même déroulé, la chambre au lit à barreaux, mon fauteuil miteux à côté, les soins, les infirmières plutôt sympas dans l'ensemble et le jeune chef de service adjoint, très grand, la trentaine aux yeux cernés, au front dégarni, cheveux de jais, affublé d'une horde de jeunes internes en pâmoison devant lui.

La température persistait. Élevée. Gants de toilette et bains tièdes s'enchaînèrent en un drôle de ballet de blouses blanches et bleues jour et nuit. Ma petite Lou, écrasée par l'ardente infection, ne sortait pas de sa léthargie, allongée sur sa couche, dévêtue. Ses cheveux avaient poussé. Très fins, lisses, d'un joli blond-roux. Mon bébé. Pourquoi toi ?

J'observais une infirmière, la seule portant un masque bec de canard, qui s'affairait, toujours silencieuse, semblant ne pas nous voir dans la chambre. Quand elle prodiguait ses soins, elle y mettait tant d'amour et de délicatesse que, malgré sa froideur apparente, je la perçus comme une sorte de sainte dévouée à sa cause. Avec une lenteur consciente, elle déposait délicatement le gant tiédi sur son front bouillant, attentive à la moindre réaction de l'enfant, à respecter son sommeil qu'elle savait réparateur, aimante.

J'en étais heureuse car je savais que cela l'aidait, mais au bout d'une semaine, Lou brûlait toujours malgré l'antibiotique injecté par intraveineuse. Personne n'avait pensé à faire un antibiogramme « avant », « c'est le protocole » et tout avait été « décapité » par le traitement de première intention... Impossible maintenant de retrouver le germe. J'étais, une fois de plus, atterrée par le « raisonnement », mais j'avais la certitude que Lou allait s'en sortir, comme à chaque fois, malgré ma peur chevillée au corps.

Nous passâmes Noël sur place, sous les néons glauques et dans les odeurs de désinfectant. Nous étions à nouveau unies dans notre corps-à-corps pour combattre les agressions. Entre deux pics de fièvre, Lou était présente, comprenait tout et nous parlait, lisait ses petites BD. Elle reçut pour Noël des cadeaux d'un interne déguisé en rouge avec sa hotte et sa fausse barbe blanche en coton, mais il ne put jamais s'approcher d'elle dans mes bras, car elle fut soudain prise d'une peur panique à sa vue.

Le grand corbeau aux yeux cernés, tout de noir vêtu, vint nous voir une semaine plus tard, accompagné de sa volière, et commença, hygiénique, désagréable, lapidaire.

« Bon ! On est complètement à la ramasse ! nous dit-il d'entrée. On court derrière l'infection qui a dix longueurs d'avance sur nous. Son poumon se dégrade à vue d'œil. Il est plus prudent de la descendre en soins intensifs, car elle a un épanchement pleural. On lui fera une ponction, dans l'espoir que les antibiotiques atteignent le foyer et de pouvoir identifier le microbe », conclut-il.

J'étais abasourdie par la nouvelle de l'aggravation de l'état de Lou. Les soins intensifs, cela voulait dire être séparée d'elle à nouveau.

« On a combien de temps devant nous ? demanda Paul, inquiet.

— Huit jours. On a fait notre maximum ici, désolé », dit cet oiseau de mauvais augure.

J'avais autant envie de vomir que de le baffer.

« Je ne veux pas d'acharnement thérapeutique ! »

Mon cerveau venait de disjoncter et j'avais parlé sans réfléchir, épouvantée à l'idée que ma Lou souffre ou puisse disparaître.

Il me regarda, l'air déstabilisé. J'avais bien compris, pourtant ! Il m'annonçait le pire ! Occultait notre avenir ! Tout notre vécu venait de refaire surface.

Nathalie et sa mère se déplacèrent pour prier devant la petite pièce vitrée où Lou dormait dans son lit, invoquant des anges protecteurs, pendant que je ressortais des gris-gris bizarres, appelant à l'aide je ne sais trop quoi.

Ma sœur et ma mère m'avaient aussi rejointe, informées de la situation. Quand les portes de l'ascenseur se refermèrent sur moi avec Lou dans les bras pour aller dans le tréfonds de l'hôpital à l'étage en dessous, elles pensèrent qu'elles la voyaient pour la dernière fois. Mon beau-frère Alexandre vint me déposer une jolie serviette à poupées chinoises et un âne Trotro en peluche que je lui remis et auquel elle s'accrochait sans cesse comme à une bouée salvatrice. Tout le monde était inquiet.

Nous étions à nouveau limités pour les heures de visite, sans autorisation de dormir avec elle et Lou passa des nuits entières à veiller, à lutter contre la fatigue jusqu'au petit matin pour enfin s'abandonner, calmée à notre arrivée.

Je tentais de la rassurer et lui expliquais les raisons de mon éloignement, liées aux règles du service… Mais seule ma présence la tranquillisait et dès que nous quittions la chambre, elle était prise de panique et hurlait. Partir dans ces conditions était un déchirement moral et physique… Ce cri… comme un fer rouge plongé dans mes chairs. J'avais l'impression terrible de faillir. J'avais pourtant tenté de négocier… Lou était la plus petite du service, elle avait besoin de moi. Impossible.

Quoi de pire pour une maman que sentir sa petite en détresse ?

Les infirmières tempéraient : « Elle arrête de pleurer dès que vous êtes partie, madame ! », mais en vérifiant les cahiers de liaison, je vis qu'il était noté « plein phares ». Ma fille ne fermait pas l'œil de la nuit, espérant notre retour. Elle ne dormait pas et ne dormirait plus. Fort heureusement, au milieu de ce chaos, le professeur B., chef de service revenu d'Afrique, et une médecin réanimatrice, étaient moins pessimistes que le grand corbeau aux yeux cernés. Il nous dit, détendu : « Oh, mais ne vous inquiétez pas ! J'ai vu bien pire en mission humanitaire ! Je peux vous dire qu'on s'est toujours débrouillés, et avec bien moins de moyens là-bas ! Ça va aller. On trouvera toujours une solution pour la sauver. » Cet homme adorable avait manifestement roulé sa bosse. Rien ne semblait plus l'impressionner en médecine, ce qui le rendait imposant et légitime à la fois.

J'avais envie de l'embrasser autant que j'avais eu envie de puncher l'autre crâneur.

Étaient-ce deux philosophies opposées qui faisaient diverger l'approche de ces médecins ? Ou une question de nature humaine ? Enfin, de quel droit tue-t-on symboliquement des parents en leur prédisant la mort de leur enfant, leur ôtant ainsi toute forme d'espoir ? En montrant le verre vide ?

La chirurgienne ponctionna sous anesthésie générale le poumon plein de liquide à gauche, et me rasséréna, expliquant que l'antibiotique pourrait enfin atteindre le foyer libéré et qu'on gagnerait sur l'infection.

Le discours radicalement opposé de l'étage du dessus détonnait. Lou et moi nous raccrochions l'une à l'autre. Puis, un matin, la température chuta. Elle était guérie ! Un de ses poumons était endommagé, mais le professeur B. nous dit qu'elle récupérerait.

Elle est invincible, cette petite ! me dis-je. Rien ne l'arrêtera !

Pour fêter son retour à la maison, je lui avais organisé une fête déguisée pour son anniversaire, invitant la famille et d'autres enfants. J'avais suspendu une banderole en lettres colorées « Bienvenue à la maison Lou ! » dans le salon. Elle portait une petite robe chinoise en soie rouge et déambulait avec sa flèche[1] au milieu des princesses, des pirates et des fées, ravie. Ballons, cotillons, jeux. Quel bonheur de la voir rétablie, rire, heureuse, et d'être tous ensemble !

Le lendemain matin, à 5 h 30, plongée dans un demi-sommeil vigilant, j'entendis dans la chambre à côté de la nôtre son souffle légèrement saccadé. Elle avait une petite capacité pulmonaire, due aux séquelles de sa pneumopathie, mais aussi au fait qu'elle bougeait peu. Or cette fois c'était différent. J'avais la flemme de me lever. J'étais assez souvent fatiguée par nos nuits hachées depuis deux ans et demi, le coucher pouvant durer des heures tant elle luttait, même avec quarante-six veilleuses et autant d'histoires et de câlins. Elle se réveillait à 3 heures du matin sans se rendormir jusqu'au petit jour (ce qui nous préoccupait). J'étais déjà allée la voir plusieurs fois dans la nuit, aussi je me rendormis pendant cinq minutes.

Quand je sortis à nouveau des limbes, elle faisait encore ce bruit bizarre que je n'arrivais pas à identifier. Paul dormait paisiblement à mes côtés. Je prêtai une oreille plus attentive : c'était une sorte de petit hoquet inhabituel, répétitif, mettant mes alarmes au rouge immédiatement. Je me levai d'un

1. Dispositif de rééducation pour personnes en situation de handicap les aidant à se mouvoir.

bond et me précipitai dans la chambre. Ma Lou était prise de convulsions violentes : tout son corps tremblait de la tête aux pieds, avec une respiration entrecoupée. Me ressaisissant, comme chaque fois que je devais faire face à Lou en danger, je la pris dans mes bras et lui soulevai doucement la tête. J'avais déjà vu dans des films des crises d'épilepsie et j'avais tout de suite compris. Je me dissociai pour ne pas qu'elle sente mon stress : la voix lente, je la rassurai, pensant qu'elle m'entendrait (ignorant qu'après une crise on ne se souvient de rien), je lui expliquai qu'elle faisait une crise d'épilepsie et qu'on allait la soigner. Mon taux de cortisol était au plafond. Je hurlai pour réveiller mon mari à côté afin qu'il appelle en urgence les pompiers ou une ambulance. Réveillé en sursaut par mes cris, il se précipita, catastrophé, et découvrit Lou dans cet état. Il me proposa de conduire car nous étions proches de l'hôpital et cela nous évitait de perdre du temps à attendre les secours. La tension ambiante était encore montée d'un cran car il fallait faire vite : les crises prolongées endommagent le cerveau... Ça suffisait comme ça ! Je m'habillai en quatrième vitesse, Lou toujours dans les bras, et essayai vainement de lui ouvrir la bouche avec mes doigts, de peur qu'elle ne se coupe la langue, mais la mâchoire exerçait une pression énorme (je sus plus tard qu'il ne faut jamais le faire, qu'il n'y a qu'au cinéma qu'on fait ça !). On se rua aux urgences pédiatriques. Je restai dans la voiture pendant que Paul faisait la queue à l'accueil, évitant les microbes de la salle d'attente. Une infirmière accourut pour me récupérer Lou en catastrophe et repartit avec elle : « Vite ! vite ! » criait-elle.

On administra à Lou, allongée sur le lit du box, une dose de Valium en intraveineuse et la jeune femme lança un chronomètre pour voir combien de temps la crise mettrait à céder. Ce fut rapide. Lou avait sombré sous l'effet de la benzodiazépine. La voir droguée ainsi nous brisait le cœur, pourtant tanné par ces deux ans, mais nous étions soulagés. Nous nous disions pour blaguer que pour une fois elle dormirait profondément et aurait le loisir de récupérer de sa fatigue accumulée ! On lui prescrivit de la Dépakine pour bébés, un anticonvulsif, et nous rentrâmes à la maison, avec un kit de Valium intrarectal de secours si une crise devait se reproduire.

Il fallait revenir une semaine plus tard pratiquer une IRM cérébrale et un électroencéphalogramme pour vérifier l'état de son cerveau.

Deux grosses lésions apparaissaient distinctement sur chaque hémisphère cérébral. Le docteur S., adjoint au professeur Z., la cheffe de neuropédiatrie, nous reçut dans une salle de jeu pour enfants désertée, accompagné d'une femme blonde en blouse blanche dont nous ignorions la fonction. Il était d'âge moyen, brun, froid, très sûr de lui. Assis sur des chaises trop petites devant une table en bois en forme de nuage, il nous expliqua très simplement et très directement que Lou avait une leucodystrophie, une maladie neurodégénérative de la substance blanche qui atteint le système nerveux central. En résumé : une horreur. L'imagerie par résonance magnétique l'indiquait clairement. Il était formel. On reçut la nouvelle abasourdis. Mais, au fond de moi, je gardais toute confiance en la professeure Amiel-Tison, qui était une référence absolue dans sa matière. J'exposai à S. le passif de Lou et par quelle sommité elle était suivie. Il nous prit de haut :

« Mais elle n'est pas à la retraite, maintenant ? Aujourd'hui on dispose de techniques si pointues qu'elles nous permettent de connaître exactement la maladie. Ces lésions sont caractéristiques », dit-il, moqueur. Il prenait la neuropédiatre pour une vieille gâteuse ! Je ne revenais pas de l'arrogance de ce jeune médecin.

« Il faudra *confirmer* ce diagnostic par une biopsie de peau et une ponction lombaire », conclut-il sans autre procédé. Il nous observa nous dépatouiller avec le scorpion mortel qu'il venait de nous mettre entre les mains. Nous étions plongés une fois encore, une fois de trop, dans l'incompréhension la plus totale et la plus morbide : la condamnation de notre enfant, sans affect, sans l'ombre d'un doute.

J'appelai immédiatement Claudine qui n'y crut pas du tout, et me certifia à nouveau que l'examen clinique ne la trompait pas. Elle avait l'habitude depuis toutes ces années et devait justement son excellence à son sens de la clinique, alors qu'aujourd'hui nombre de ses pairs posaient un diagnostic après une simple imagerie sans même « ne plus savoir ausculter ». Elle nous rassura mais je vacillai, prise d'un doute affreux : « Et si S. avait raison ? »

Vint cet examen, un énième, pour notre petite Lou. Pour la ponction, il lui fallait être recourbée. Les soignants avaient estimé inutile de lui mettre de la crème anesthésiante, alors que j'en avais réclamé une, mais selon eux, piquer le derme n'était pas douloureux, seule la ponction l'était. Je pensais tout de même qu'éviter une douleur sur deux était mieux… ! Lou respirerait dans un masque avec du gaz hilarant pour la soulager, et elle oublierait. Je n'eus aucunement cette impression quand je la vis se cabrer en pleurs au moment de l'introduction de l'immense aiguille entre ses vertèbres. Et je pleurai intérieurement avec elle en lui tenant la main et en lui disant combien elle était courageuse. Je lui avais expliqué que les docteurs voulaient simplement vérifier une chose, sans détail. Je voyais mon mari rongé intérieurement lui aussi, impuissant, comme moi. La biopsie de peau ne fut pas une partie de plaisir non plus, et je passai un long moment à sécher les larmes de Lou, révoltée par l'indifférence du docteur S. qui nous rejoignit sur place et nous infusa un peu plus sa morgue venimeuse, en revenant sur sa certitude de leucodystrophie, alors que Lou était sur mes genoux et comprenait tout… J'étais choquée qu'il expose devant elle toute l'évolution mortifère de la maladie dont il la disait atteinte. Je me rebellai en disant qu'elle ne faisait que progresser, était bilingue, mais S. assénait qu'elle perdrait tout au fil du temps : « La parole, tous ses acquis ». Une fois encore, cette même dissonance cognitive, deux messages contradictoires. Auquel se fier ? Il me stressait avec ses certitudes prétentieuses annihilant l'existence de mon enfant sans aucune preuve ! Lou restait étonnamment calme, suçant stoïquement sa tétine, ne s'interrompant que pour verser des larmes quand je m'étais insurgée.

Pendant les trois mois que dura l'attente du résultat, nous avons vécu l'enfer, cédé aux sirènes d'Internet, découvrant les multitudes de détails effroyables de la pathologie présumée, cauchemardé, échafaudé tous les scénarios. J'avais cherché des solutions, trouvant qu'un père dans je ne sais quel pays dont le fils avait été déclaré condamné, avait découvert que la myéline (gaine des nerfs) se dégradait moins vite avec des doses quotidiennes d'oméga 3, et je me précipitai à la pharmacie pour lui en acheter.

Trois mois interminables.

C'est Mme Z. qui nous reçut. Le docteur S., si présent jusqu'alors, avait soudainement disparu. Nous étions avec mon époux collés l'un à l'autre, anxieux. Je serrais ma carte porte-bonheur dans ma poche.

« Ce n'est pas si simple », commença-t-elle. Notre stress était à son comble et nous étions accrochés à ses lèvres.

« Il fallait qu'on écarte l'hypothèse de la leucodystrophie. Vous comprenez, avec vos jumelles… » Je ne voyais aucun lien de cause à effet entre une myopathie et ça, mais soit…

« Les résultats sont revenus, négatifs. » On respirait à nouveau après cette sombre attente. Mais ses lésions cérébrales ?

« Il est probable en effet qu'elles soient anoxiques, ce qui vient confirmer l'hypothèse d'infirmité motrice cérébrale », dit-elle sans jamais croiser notre regard.

Je comprenais mieux pourquoi le docteur S. était courageusement absent…

« Vous savez, docteur, dire à un parent qu'on va "confirmer" un diagnostic mortel est très différent de lui dire qu'on va "l'écarter". La manière de présenter les choses et le vocabulaire utilisé comptent bien plus que ce que vous ne pensez », dis-je dans une colère froide.

Mme Amiel avait donc eu raison ! À la suite d'une simple auscultation. Elle était extraordinaire !

Et comme si une bonne nouvelle en entraînait une autre, j'appris que j'étais enceinte ! Un petit garçon ! Nous étions ivres de joie ! Me revenaient les paroles de Mme Amiel : la vie sera toujours plus forte que la mort.

Chapitre 10

Dans le salon à l'ambiance feutrée parsemé de coussins indiens sur le canapé brun, je me laissai guider par la voix grave d'Anne, ma professeure de yoga, les paupières closes, suivant le flot continu de ma respiration qu'écourtait ma grossesse. La rencontre avec la méditation et la pratique du yoga en 2009, peu après la perte de mes jumelles, changea la perception de mes épreuves et de ma vie.

Dès que je rencontrai Anne, une femme de l'âge de ma mère, je me fis la réflexion qu'elle représentait une publicité parfaite pour sa discipline : rayonnante, mince, élastique. J'étais arrivée chez elle déprimée et le dos douloureux, et j'en étais ressortie rassérénée, pénétrée de philosophie bouddhique me reliant à plus grand que moi. En quelques mois, j'étais remise sur pied, dotée d'un outil efficace contre les événements extérieurs qui se déchaînaient contre nous, me détachant autant que possible du dehors pour me reconnecter à mon intériorité. Anne devint par la suite une amie très chère et me forma à cette discipline salvatrice, me proposant même d'en faire profiter ma fille. Mais ce que Lou préférait, c'était l'eau, sous toutes ses formes : à la neige ou à la mer.

Je suis savoyarde et le ski est une tradition familiale bien ancrée chez nous, comme les framboises du jardin grand-paternel. En altitude, Lou s'émerveillait à la vue des sphères blanches ouatées qui pleuvaient du ciel comme des confettis, les observant doucement fondre sur sa moufle rose et les gobant les uns après les autres. Les joues empourprées par le froid, elle s'amusait à expirer l'air qui se transformait en buée et s'en amusait toute seule.

Je m'étais renseignée pour faire du handiski avec elle. Toutes les stations n'étaient pas équipées de la coque adaptée, mais à Méribel nous avions eu cette chance. Quand, au départ du télésiège nous étions cueillies comme des fleurs, Lou poussait un cri, peu rassurée de se sentir ainsi soulevée de terre, suspendue dans les airs à vaciller comme une cloche, mais l'apesanteur peu à peu se transformait en joie libératrice : « Maman regarde ! Je vole ! » s'exclamait-elle, fière d'avoir dominé son effroi. Au moment où elle était sur le point de dévaler les dénivelés de toutes les couleurs dans son fauteuil sur skis, le moniteur lui lançait : « Lou, tu es prête ? » et elle lui répondait tout excitée « On y va ! ». Ils s'élançaient alors tous deux dans la pente, têtes baissées. Je les filmais. Lou irradiait comme jamais, ouvrant largement ses bras et sa bouche sous la caresse du vent qui soulevait ses cheveux échappés du casque, comme pour embrasser tous les flocons et en ressentir la fraîcheur moite sur sa langue. Elle hurlait « plus vite ! » au moniteur qui déjà allait bon train sur la piste enneigée. Lou était au comble du bonheur, expérimentant, immobile sur son siège, la beauté des sensations de la glisse…

Le bonheur aussi dans l'eau. Comme nos étés au bord de l'océan Atlantique, sur la plage du Guilvinec, ou chez nos cousins à Marie-Galante, dans les Caraïbes… Nous étions alors allés sur cette sublime plage de sable blanc farine bordée de cocotiers et saturée de fragrances tropicales… Je soutenais Lou pour marcher jusqu'à l'onde où elle plongea ses orteils dans l'eau si chaude qu'elle s'y jeta entièrement, prise d'un fou rire. Elle poussait de petits cris, c'étaient des pépites, des parenthèses enchantées dans notre grisaille quotidienne. Ou encore, ce dernier été où nous avons loué un Zodiac pour aller à la rencontre des dauphins et de leurs petits. La balade sur l'océan en toute liberté l'avait autant fascinée que l'intelligence des cétacés qui envoyaient des ambassadeurs pour nous éloigner de leurs bébés… Lou se sentait comme un poisson dans l'eau…

Les mercredis, il fallait inventer des activités car elle n'avait pas accès aux mêmes loisirs que les autres enfants, par manque d'équipement d'adaptation partout. Alors nous cuisinions ensemble (elle adorait aussi suivre de vrais cours de cuisine !), elle faisait de la couture, du bricolage, coloriait des mandalas, ou bien elle « dessinait » avec Oria, une jeune femme aux grands cheveux de blé et au regard azur, mélange de force et de douceur, qui inspirait beaucoup Lou et qui resta deux ans à s'occuper d'elle. Ceinture noire de ju-jitsu, illustratrice-née et douée, elle savait apaiser le feu du tempérament de Lou, la sécuriser, l'aider à s'exprimer. Ma fille, qui aimait tant inventer des histoires depuis ses quatre ans, se laissa facilement convaincre de cocréer une bande dessinée. Sous la pointe des feutres guidée par la main d'Oria, l'imagination de Lou prit vie en bulles, en une jolie histoire familiale dont le personnage principal courait sans cesse... Lorsqu'elles l'eurent fini, la coquine soupira d'aise comme souvent elle le faisait quand elle était contente du résultat.

Lorsque j'appris ma grossesse, c'était tellement inespéré que mon cœur bondit de joie, en même temps qu'une petite voix dans ma tête me rappelait tous les dangers inhérents à redevenir mère. Si les asanas reléguaient ces craintes dans un coin de mon hypophyse, je pris néanmoins les précautions nécessaires pour limiter les déconfitures : une échographie cardiaque du fœtus fut organisée pour s'assurer que mon petit Aurélien ne suivrait pas le même parcours que ma Lou, ainsi qu'un suivi médical très rapproché. Je refusai l'amniocentèse, que j'avais faite pour sa sœur car, en dehors de mon âge avancé (quarante ans), tous les examens étaient très rassurants, et je ne voulais prendre aucun risque de perforation de la poche des eaux.

Le jour de l'écho-cardiaque, je n'en menais pas large. Mon mari n'était pas disponible et c'est mon père, à la retraite, qui vint avec moi à ma demande, après que j'eus épuisé toutes les autres personnes ! Il n'était pas forcément le meilleur choix vu son hypocondrie légendaire, mais il avait le mérite d'être libre. Quand la femme à l'accueil me précisa la date de fécondation d'Aurélien, le 2 novembre, mon père prit un air offusqué car c'était le jour de son anniversaire ! « M'enfin Fanny ! » s'exclama-t-il devant la secrétaire médicale qui riait sous cape tant j'étais mortifiée qu'il ramène cela à lui. Il s'installa dans la salle d'attente à feuilleter des journaux féminins et m'encouragea quand mon tour fut venu.

Le bébé avait un cœur parfait. On ne pouvait, bien sûr, pas savoir ce qu'il se passerait après l'accouchement, mais ce fut déjà un énorme soulagement.

Notre vie quotidienne n'était pas de tout repos. Lou était entièrement dépendante physiquement. Il fallait ramasser pour elle les objets qu'elle faisait tomber, la porter, la laver, lui donner la becquée car sa coordination œil-main était défaillante, ou bien l'asseoir dans le petit siège en mousse adapté à elle. De là, elle pouvait manipuler ses jouets, écouter des histoires ou des chansons, feuilleter ses livres, même si elle ne savait pas lire, trouver des occupations, pour remplacer le fait qu'elle ne pouvait rien explorer sur le plan moteur comme un enfant de son âge (quoiqu'elle développât les roulés-boulés plus fréquemment !). Il fallait la faire progresser par tous les moyens et pour cela nous la conduisions trois fois par semaine chez la kiné, ce qui prenait deux heures avec les allers-retours, chez l'orthoptiste, chez le médecin de rééducation tous les quatre mois pour réadapter sa prise en charge, chez notre cher « terrible docteur Rigolo », tel qu'il se surnommait, qui nous faisait du bien à tous, organiser des injections de botox dans ses ischio-jambiers (qu'elle avait en horreur), la faire suivre de près en urologie depuis son épisode d'infection rénale, etc. On nous parlait aussi de psychomotricité et d'ergothérapie pour améliorer sa « pince ». Je croisais les doigts pour que d'ici à ses trois ans et demi, et sa future scolarisation, elle ne porte plus de couches. Elle utilisait déjà le pot depuis un certain temps, mais cela restait compliqué, car la tenue assise était ardue et elle tombait souvent comme une quille en pleine miction. Nous devions donc la maintenir et rester à côté d'elle. Je prospectai le plus possible pour des prises en charge à domicile, afin de tous nous économiser physiquement, Lou la première, car elle restait très fatigable.

Maria m'aidait beaucoup. Elle s'occupait du ménage, de la maison, m'assistait pour ce qui concernait Lou. Nous échangions beaucoup toutes les deux sur nos vies. Elle nous comprenait, car elle partageait nos difficultés au quotidien et, voyant la chambre de Lou vide quand elle était hospitalisée pour sa pneumopathie, elle avait craint le pire. Je l'avais rassurée, je savais ma fille invincible.

Maria aussi avait connu des drames familiaux en Colombie. Elle avait dû partir un jour pour travailler en Europe, laissant derrière elle ses deux fils pendant des années avant de pouvoir les retrouver. Grâce à elle, je pouvais sortir faire des courses, profiter d'instants de repos dans la journée, surtout après nos week-ends sans aide. Parfois, elle nous voyait épuisés et prenait Lou chez elle. Elle devint mon double. J'avais bien songé un moment à reprendre mon travail, mais je me rendais compte à quel point j'avais du mal à lâcher ma petite chérie après tout ce que nous avions vécu.

Lorsque j'annonçai à Lou l'arrivée de son petit frère, elle regarda mon abdomen arrondi et me demanda avec ses mots à elle : « Il est où ? Dans ton ventre, maman ? »

Je m'étais documentée sur la manière la plus adaptée de le lui dire, pour réduire l'inquiétude inhérente au changement. J'étais tombée sur une idée rigolote dans un article pour les parents qui était d'offrir un cadeau « de la part » du futur frère ou sœur. « Un cadeau ? Mais comment il fait pour te le dire ? » m'avait-elle demandé, judicieuse. J'étais bien coincée maintenant… ! Je lui confiai que c'est lui qui m'avait soufflé l'idée, c'était un peu inexplicable… Il avait pensé à la cuisinière IKEA en bois de ses rêves ! Elle hurla de joie. « Il est trop gentil ! » Quand elle reçut la mini-cuisine avec les plaques de cuisson qui s'allumaient en rouge, deux fours, un évier en plastique, et tous les accessoires, elle trépignait dans sa chambre sur la petite flèche jaune que Célestine, sa kiné, lui avait prêtée pour un essai. Je revois son minois enchanté derrière ses lunettes bleues d'hypermétrope, plaçant dans le four un gâteau qu'elle m'avait préparé.

On préparait aussi la chambre d'Aurélien. Lou avait choisi avec moi les décorations sur les murs, les histoires qu'elle lui « lirait ». Je l'incluais le plus possible dans ma grossesse, lui proposant de m'assister quand il faudrait le baigner, le langer, etc. Elle était emballée. Cette volonté d'aider les autres devint un des traits de caractère les plus marquants de Lou.

Elle nous demanda de lui porter ses poupées pour « s'entraîner » en attendant son petit frère. Depuis toute petite elle avait la passion de passer le balai et de cajoler « ses bébés », surtout les gros poupons offerts par sa marraine, qu'elle embrassait sans cesse, leur répétant « Ça va aller, ça va aller ». J'avais l'impression de m'entendre à l'hôpital avec elle… Elle se prenait déjà pour une petite maman et avait hâte de tenir son rôle, s'acharnant à pousser une petite poussette rose avec sa flèche encombrante.

Lou s'adressait régulièrement à Aurélien, posant sa petite main sur mon ventre. Quand elle apercevait la petite boule d'un pied faire saillie et glisser sous ma peau, elle s'émerveillait.

Les mois s'égrenaient en douceur. J'étais en pleine forme, comme pour la grossesse de Lou. Souvent des contractions surgissaient, régulières, ce qui m'inquiétait, mais grâce à mes respirations yogiques je les contrôlais très bien, au point de les faire disparaître complètement. Je m'apaisais et ma peur de faire une fausse couche s'atténuait peu à peu. Je pratiquai le yoga durant toute cette période, ce qui m'aida beaucoup à gérer le stress, profitant même d'une escapade de trois jours au Portugal avec mon mari, confiant Lou à Maria, qui trembla à l'idée devoir lui injecter du Valium en cas de crise. Je sentais à quel point, même en confiance, rien n'était jamais simple.

Un jour, à l'heure du déjeuner dans notre cuisine, ma puce mangeait sa purée de légumes, assise derrière son plateau, quand ses yeux se bloquèrent tout à coup. Elle ne bougeait plus, ne répondait plus. Je me demandais si elle avait vu quelque chose mais elle semblait absente, ailleurs, coincée. Sa respiration était calme.

« Elle fait une crise », dis-je à Maria qui fut impressionnée de voir Lou dans cet état.

Je me levai et la pris dans mes bras, la rassurai sur ce qui lui arrivait et lui injectai une dose de Valium. La crise céda et elle s'endormit sous l'effet du médicament.

Pourquoi son traitement anti-épileptique avec la Dépakine ne marchait-il plus ? Cela voulait dire qu'elle n'était plus protégée alors qu'elle prenait les doses maximales pour son poids.

Je tentai de contacter le professeur Z. qui était injoignable, comme son cher adjoint. Les internes au téléphone étaient désolés de ne pouvoir prescrire quoi que ce soit sans son aval. Pendant des semaines je lui donnai du Valium, heureusement prescrit par Mme Amiel-Tison, car Lou avait régulièrement des absences, et son médecin était hors de portée. Mon ventre grossissait, mon angoisse aussi, et je me retrouvai rapidement épuisée.

On obtint enfin un rendez-vous. La Dépakine fut remplacée par du Tégrétol qui s'avéra déclencheur de malaises dès qu'elle le prit : le matin ou le soir, je retrouvais Lou dans un « ailleurs », immobile dans son lit. Je rappelai immédiatement la neuropédiatre de l'hôpital mais elle était toujours occupée. Exaspérée, épuisée par les crises à répétition, je lui envoyai un mail suppliant, lui expliquant que je n'en pouvais plus alors que j'étais si proche d'accoucher. Elle finit par me répondre, s'étonna car le Tégrétol n'avait aucun des effets que je mentionnais, et conclut son mail par un lapidaire « Ses crises sont sûrement liées à l'arrivée du petit frère », laissant Lou dans une impasse thérapeutique, et nous avec.

C'est en rencontrant le professeur M., épileptologue, que nous sortîmes de cette impasse. Neuropédiatre dans un pôle mère-enfant d'une grande ville à quelques heures de train de chez nous, il nous avait été chaleureusement recommandé ;

on avait pu organiser un rendez-vous en urgence pour Lou.

Cet homme charmant et affable nous reçut très bien, prit le temps d'écouter le récit de notre parcours chaotique. Il ausculta longuement Lou, avec considération. En étudiant son IRM cérébrale, il nous fit part de son étonnement concernant le diagnostic de leucodystrophie, car les lésions n'étaient pas du tout situées dans la substance blanche ! Nous étions abasourdis. Selon lui aussi, ces lésions ressemblaient bien plus à celles d'une anoxie. Ce second avis allait dans le sens de celui de Mme Amiel-Tison...

Ce cher professeur trouva notre enfant en bonne forme. Son épilepsie était « simple » et « non complexe ». C'était la première fois qu'on nous informait qu'il existait différentes formes d'épilepsie et que celle de Lou n'était pas grave ! Il lui prescrit alors du Keppra, une molécule récente et innovante à l'époque, dont la saveur d'amande était moins écœurante que celle de la Dépakine, très amère et qui donnait la nausée à Lou. Le professeur M. nous informa que ce type de lésion cicatrisait avec le temps et que son épilepsie pourrait guérir. Nous étions ravis d'être informés de tout cela et il sauva la fin de ma grossesse. Lou fut stabilisée, ne fit aucune rechute, et à l'âge de six ou sept ans, elle fut totalement sevrée, débarrassée de son épilepsie ! Quelle grande victoire !

Les dernières semaines précédant la venue au monde d'Aurélien furent sereines. J'avais choisi d'accoucher à l'hôpital public où le pédiatre de Lou travaillait. J'avais toute confiance en le docteur D. et sa femme pédiatre également. Lui exerçait comme pédiatre réanimateur au service de néonatalogie de la maternité. Sa présence me réconfortait beaucoup, car je savais qu'il assurerait en cas de pépin, étant très bon médecin. Après tout, ils avaient sauvé Lou une fois en nous envoyant aux urgences pour son poumon ! Les contractions commencèrent tôt le matin. Mon mari me conduisit à la maternité, tout excité, et moi aussi quoiqu'un peu nerveuse. J'avais choisi une consultation privée pour être sûre d'accoucher avec un médecin : la professeure de gynéco-obstétrique cheffe du service. Une grande blonde, sympathique et prévenante. Je lui avais relaté tous mes déboires maternels et elle y avait semblé très attentive.

À 10 heures, les contractions se succédaient, intenses, douloureuses. J'avais déjà perdu les eaux et je dégustais, découvrant les affres de l'absence de péridurale, pensant à nos chères mères qui n'y avaient pas eu droit. Je me sentais physiquement broyée, tordue comme une éponge. Je respirais du mieux que je le pouvais, mais chaque nouvelle vague était un supplice épuisant. Mon col était encore trop peu ouvert. La professeure était au bloc pour une césarienne en urgence de jumeaux qui était « compliquée ». Elle seule pouvait me prescrire une péridurale. Je me consolai avec un sucre à la menthe car ma tête commençait à me tourner et j'avais la nausée. On m'installa au moment où j'étais proche de la syncope, et les sages-femmes me posèrent l'anesthésie. Le bonheur ! L'attente légère… et puis, longue… trop longue. Un stress insidieux m'envahit, l'incertitude se transformait en inquiétude. Il était 11 heures. Le bébé n'avait plus de liquide amniotique depuis deux heures. Il pouvait s'infecter, s'enrouler le cordon autour du cou ! pensai-je. Ne fallait-il pas faire une césarienne ? Où donc était la professeure ! ?

Peu de temps après, elle passa me voir. Je la bombardai avec mon angoisse, lui réclamait une césarienne. Je me refaisais le film de l'interminable accouchement de Lou. Elle me rabroua fermement, ce qui me surprit : « Je savais que ce moment viendrait. Non ! vous n'aurez pas de césarienne ! » J'avais envie de pleurer, tous les souvenirs refaisaient surface. Je paniquais et ne comprenais pas sa sécheresse soudaine.

À 13 heures, la sage-femme me dit apercevoir les cheveux d'Aurélien et voulait m'aider à le sortir. Alerte rouge. Pourquoi Mme la professeure n'était-elle pas présente ? Je voulais être accouchée par elle ! Je refusai la sage-femme. La professeure arriva, appelée par la soignante, s'assit devant moi et remarqua qu'elle n'avait qu'à « cueillir » le bébé, et Aurélien naquit à 13 h 05 le 26 juillet 2011, sans un cri immédiat. Sa tête était foncée. « Il est tout noir ! » m'écriai-je. Silence absolu dans la salle. Sans un mot, la docteure prit en un éclair la paire de ciseaux pour couper le cordon ombilical, sans laisser le choix à mon époux, et mon fils poussa un magnifique cri. Je soufflai en même temps qu'il prenait sa première bouffée d'oxygène.

Elle le déposa sur moi en me félicitant. Mon mari pleurait de joie ! Et j'observais mon bébé, lui disant combien je le trouvais magnifique et l'aimais ! Il ressemblait à un Chinois, avec ses yeux bridés !

Plus tard, la sage-femme m'expliqua que son cordon s'était enroulé autour de son cou et que cela expliquait sa couleur et la rapidité du docteur à agir. Pendant longtemps j'y repensai, me demandant si Aurélien n'aurait pas lui aussi des lésions cérébrales. Mais il était très tonique, relevant la tête à peine sorti et tétant sans assistance.

Le lendemain, Lou vint me rendre visite à la maternité. Elle était vêtue de sa petite robe bleue à fleurs et déambulait sur sa flèche. Maria, qui l'avait gardée, lui tenait la main. Elle avait l'air très impressionnée, et n'osait s'avancer vers moi qui tenais Aurélien dans les bras. Je me mis à sa portée et lui présentai son petit frère tout emmailloté et coiffé d'un petit bonnet de coton.

« Tu lui dis bonjour, Lou ? » lui proposai-je.

Elle salua son frère et attendit une réponse.

« C'est nul, il ne parle pas ! » dit-elle tout à coup, déçue.

On éclata tous d'un rire attendri. Quand elle comprit enfin, elle s'extasia devant ce « beau bébé » et se mit à lui parler sans cesse, fière comme Artaban. Au moment de partir, elle lui dit en levant la main : « À demain, Aurélien ! »

Aurélien était un « bébé yoga », zen, pleurant très rarement. Il fit ses nuits rapidement. Il tétait goulûment, ne souffrait pas, était calme… facile ! Un contraste saisissant avec tout ce que nous avions vécu. Nous nous réparions, mon mari et moi, de tout ce dont nous avions été privés. En tant que mère, en particulier, je pus l'allaiter, rentrer de la maternité au bout de trois jours, profiter de sa bonne santé… Tout était simple, comme dans un rêve. C'était à croire qu'il avait déjà compris les contraintes inhérentes au handicap de sa grande sœur : il se faisait discret…

À la maison, Lou était une sœur adorable, très maternelle, parfois autoritaire (cela arriva plus tard) avec lui. Elle participait comme elle pouvait, me passait les bodys ou les couches lors des changes, ou prenait Aurélien dans ses bras, bien calée dans sa petite assise, et lui chantait d'une voix douce des comptines en espagnol, lui déposant un petit baiser sur le crâne. « Ça va ? » lui demandait-elle en zozotant quand il se tortillait trop. Elle aimait aussi lui « raconter » des histoires illustrées qu'elle avait mémorisées et feuilletait ses petits livres, nommant pour lui les formes et les couleurs. Plus tard, lorsqu'elle le vit marcher (nous l'avions prévenue) elle était folle de joie, agitant les bras, excitée (« trémulant », aurait commenté un neurologue), enthousiaste. Elle prenait son rôle de grande sœur très à cœur.

À trois ans et demi, Lou allait faire son entrée en maternelle. Pour ma plus grande fierté elle était devenue parfaitement continente les quelques mois précédant la naissance de son frère. Le timing était idéal. Je cherchai donc une école avec peu d'élèves par classe, sur les conseils de l'immunologiste de l'hôpital que nous avions vue après son épisode sévère de pneumonie. Elle nous avait précisé que ses défenses étaient encore immatures, mais que tout rentrerait dans l'ordre avec le temps…

Les écoles de quartier proches de chez nous me donnaient toutes la même réponse : pas d'ascenseur, ou déjà complètes. J'évoquai le droit pour n'importe quel enfant de suivre une scolarité dans son quartier, insistant sur son intelligence, facteur d'intégration ; mais je me heurtai à la même rengaine : « Je n'y peux rien. Ce n'est pas que je ne veux pas, madame, je ne *peux* pas ! Nos écoles sont "à la Jules Ferry", avec des escaliers partout. » Où étaient passées les aides financières pour la mise aux normes des bâtiments publics selon la loi d'égalité des chances de 2005 ? « Dans d'autres travaux d'urgence », m'avait-on rétorqué. Quoi de plus urgent qu'une petite fille de trois ans à scolariser ? En quoi était-elle responsable d'avoir failli mourir à la naissance ? Pourquoi se retrouvait-elle mise à la marge de notre société ? Et moi ? Aurai-je dû refuser de devenir mère ?

Personne n'accepta Lou dans le rayon des établissements habituels. J'appelai, dépitée, une école privée Montessori, plus loin de chez nous. J'appréciais déjà cette pédagogie moderne qui valorisait l'autonomie, la richesse et la singularité de chaque enfant, pensant que cette éducation était idéale pour notre fille, et qu'elle lui permettrait d'assumer son handicap moteur.

Je m'y rendis avec Lou en poussette car elle commençait à s'alourdir. Prendre le bus nous valait souvent des regards noirs ou des remarques inquisitrices, la plupart du temps de la part de femmes d'âge mûr : « Mais, madame, elle ne devrait plus être en poussette à son âge ! En plus, vous prenez toute la place ! » Utiliser les transports en commun représentait souvent une odyssée pénible, en particulier le métro, scandaleusement impraticable (à part deux lignes !). Certains autobus n'ayant pas de plate-forme d'accès pour les handicapés, je hissais Lou comme je le pouvais sur la marche, parfois on m'aidait, parfois non. Je subissais les regards en coin des passagers.

En arrivant dans la rue silencieuse, je notai l'absence de place de parking devant l'école, et me demandai comment je ferais le matin pour la déposer.

La directrice, une blonde au brushing parfait et aux lèvres rouges pimpantes, nous ouvrit la porte. Elle portait un tailleur-pantalon très chic. On voyait qu'on était dans un quartier cossu. Nous étions prêts à tous les sacrifices pour Lou. Elle nous introduisit dans un espace paysager au rez-de-chaussée où se trouvait la petite classe. C'était idéal, et assez vaste pour que Lou puisse évoluer, pensai-je.

Je présentai ma fille qui s'exprima très bien, au grand étonnement de la directrice, et j'exposai sa situation difficile, et les adaptations simples à faire. La directrice m'écouta attentivement, et me répondit sans ciller que c'était impossible, arguant qu'elle avait déjà accepté des enfants « comme elle » et que ça s'était mal passé. Elle conclut, définitive : « Désolée, on n'en prend plus. C'est trop compliqué. » Je n'en revenais pas ! Pourquoi se priver d'une élève intelligente, très désireuse d'apprendre ? Je me renseignai un peu plus pour savoir s'il s'agissait du même handicap. En l'occurrence, c'était un petit qui souffrait d'autisme et criait sans arrêt, perturbant la classe. Donc aucun rapport avec Lou, dont le trouble affectait la mobilité. Je tentai de sensibiliser la directrice, de l'attendrir, soulignant la sociabilité de ma fille, son bilinguisme… mais rien à faire. Pour cette femme, tous les handicaps étaient dans le même sac ! Et, pire, elle assumait pleinement son choix fondé sur l'ignorance et parfaitement discriminatoire. Je m'en fus, choquée, blessée pour ma fille, qui bien sûr avait tout entendu, et très en colère contre cette directrice bornée, qui se situait aux antipodes de ce que je pensais être les principes fondateurs de la bienveillance Montessori, dont le slogan affirme haut et fort « Votre enfant n'est pas un vase qu'on remplit, mais une source qu'on laisse jaillir » : tu parles !

Dès le lendemain matin, j'appelai la présidence des écoles Montessori (car c'est une structure associative) pour me plaindre. Comment justifier que l'on refuse mon enfant en âge d'être scolarisée, parce qu'elle ne marche pas ? Mais même son de cloche, plus hypocrite : « Chaque directeur est souverain dans son établissement, madame », me répondit mon interlocuteur qui s'en lavait les mains.

J'avais l'impression de parler et de me heurter à des murs froids, si loin de la mission pédagogique de tout instituteur. Paul, à qui je m'en ouvris, ne savait que dire tant il était également meurtri dans sa chair de père, et je me sentais bien seule avec Lou, alors qu'il nous fallait affronter cette nouvelle bataille, cette fois à l'extérieur du monde clos de l'hôpital.

Sur les conseils d'une maman, je découvris une école primaire tout à fait accessible et où les élèves étaient dix par classe.

Après toutes nos explications sur son handicap, on y accepta Lou, à ma grande surprise ! J'étais si soulagée que je remerciai la directrice comme si elle venait de nous faire le plus beau cadeau de la terre : donner à Lou le droit d'aller à l'école !

Elle pensa bon de nous préciser qu'elle acceptait tous les enfants, même les « différents ». Je lui fis remarquer au passage que l'usage même de ce mot clivait d'emblée, classant les individus par « niveau ». Car au fond, ne sommes-nous pas tous déjà intrinsèquement différents ? Singuliers, uniques : gros, petit, à lunettes, avec un cheveu sur la langue, les yeux étirés, bête ou brillant ? Elle prit un air gêné et acquiesça. Elle s'adressa alors à Lou, qui lui répondit, un peu intimidée au début, mais très spontanément. La directrice l'écouta lui expliquer comme elle s'occupait bien de son petit frère chéri avec des phrases structurées, riches en vocabulaire et l'informer qu'elle parlait couramment espagnol.

« Dis donc, tu parles super bien, toi ! Je te mets directement en deuxième année ! » C'était inattendu, et nous étions ravis pour notre fille. Enfin, quelqu'un semblait percevoir vraiment son potentiel, un cadeau à partager avec les autres, malgré ses difficultés motrices. Lou aurait une des deux assistantes comme auxiliaire de vie scolaire (AVS). Mais une fois les formalités remplies, la directrice nous informa qu'elle ne la prendrait que quatre après-midi par semaine. Énorme claque ! Je lui en demandai la raison, réfléchissant déjà à ce que j'allais pouvoir faire avec Lou le reste du temps… L'idée de reprendre une activité professionnelle me trottait dans la tête depuis l'arrivée de Maria, mais j'avais compris qu'Aurélien étant encore bébé, elle ne pourrait pas s'occuper des deux enfants seule, car Lou avait besoin d'une personne entièrement dédiée à elle. Je ne voulais pas qu'elle se sente exclue à la maison (elle en aurait bien l'occasion plus tard) ni que son frère pâtisse de sa situation. J'insistai, je demandai à la directrice comment elle comptait intégrer un élève s'il était exclu d'office tous les matins ? Elle ajouta alors qu'elle pourrait apporter son casse-croûte à la pause méridienne et déjeuner avec ses camarades. Je la remerciai et essayai encore de négocier une ou deux matinées de plus. Mon mari, désappointé comme moi, me faisait cependant signe de tempérer mes ardeurs. Nous n'avions aucune solution de rechange et, rongeant mon frein, j'acceptai.

On avait tout préparé pour sa rentrée. Je lui avais acheté un petit cartable « chouette » en tissu synthétique parme avec des pois roses et mis un stylo à l'intérieur pour qu'il ne soit pas vide ! C'était le grand jour ! J'étais aussi euphorique que Lou ! Mon bébé ! Comme elle avait grandi vite ! Elle était devenue une ravissante petite fille aux cheveux dorés et lisses et souriait de toutes ses dents de lait. Toute la famille l'accompagna, y compris Maria et Aurélien. Sur sa flèche, elle trépignait d'impatience et d'excitation en suivant son père dans la ruelle. Je la filmai avec mon téléphone portable et l'interviewai sur ses impressions à quelques secondes de la porte d'entrée. « Je suis trop contente ! » riait-elle.

Elle qui n'avait jamais été « sociabilisée » en crèche semblait parfaitement à l'aise à l'idée d'entrer en classe. J'appréhendais un peu la séparation, me demandant comment lui dire au revoir sans effusions de sa part.

On entra tous en ensemble. Dans la classe, son aide, adorable, vint à notre rencontre et souhaita la bienvenue à Lou. Les élèves la regardaient, curieux. Une petite fille se mit tout à coup à hurler en voyant Lou s'approcher d'elle. On aurait dit qu'elle avait vu un monstre. La directrice la prit alors dans ses bras, sécha ses larmes et lui dit pour la rassurer : « Ne t'inquiète pas, elle est gentille ! » Lou ne comprenait pas ce qui se passait et je sentis mon cœur se tordre ainsi qu'une colère monter contre un sentiment d'injustice. « Ma fille n'est pas Elephant Man ! » hurlai-je intérieurement.

Je m'approchai de l'enfant avec Lou derrière moi et, contenant ma réaction, je dis en souriant à la maîtresse qui venait de me flanquer une gifle virtuelle par son attitude : « ce n'est quand même pas E. T. débarqué de sa soucoupe volante ! » Puis je pris le temps d'expliquer à la petite fille ce qu'elle voyait, sa flèche, ce qui était arrivé à Lou avec des mots très simples : son bobo à la tête peu après sa naissance qui la privait de la commande de certains muscles, et ce gros appareil pour l'aider à se déplacer, comme elle avec ses jambes. La petite se calma, et c'en était fini de la peur. Lou n'avait rien dit et s'affairait déjà, cherchant un petit livre dans la bibliothèque, semblant ignorer la scène. Était-elle déjà fière ? Je sensibilisai la directrice au fait de présenter Lou à la classe comme je venais de le faire car les enfants, pour peu qu'on leur explique, comprennent et acceptent très bien. Et une fois cela fait, l'interaction avec les autres se déroula à merveille pour le reste de sa scolarité.

Nous allions partir, son papa et moi. Je m'accroupis pour lui donner un baiser. Elle nous fit un grand sourire et le plus simplement du monde nous salua de la main : « Bye, bye ! À tout à l'heure ! » Elle était radieuse ! J'étais stupéfaite. Pas de cris, pas de larmes, elle était comme un poisson dans l'eau. Toute l'année elle se régala à chanter des syllabes, lire des histoires, faire des traits du mieux qu'elle le pouvait, et déjeuner avec ses camarades…

Seul bémol : il y avait une toute petite cour de récréation en pavés, et la directrice, craignant que Lou ne tombe malgré la surveillance des adultes, la laissait en classe pendant ces moments, à passer le balai sans aucun camarade avec elle (il est vrai que Lou aimait balayer). Je ne parvins jamais à faire changer d'avis la maîtresse sur ce point, hélas.

L'année suivante, le jour de sa deuxième rentrée, la directrice nous annonça que Lou ne passerait pas en grande section. Elle la faisait redoubler ! Incompréhension totale à nouveau. « Vous comprenez, je ne peux décemment pas la faire passer dans la classe du dessus. Elle ne sait même pas faire des ronds ! Or la troisième année, ça n'est que du graphisme ! »

Elle n'avait décidément rien compris… L'atteinte motrice de Lou touchait aussi ses mains, il fallait oublier le graphisme, elle n'aurait jamais le même niveau que les autres ! Elle pallierait plus tard son retard en étant assistée par des ordinateurs, ou écrirait, mais jamais aussi bien qu'un enfant de son âge. Ce qui comptait, c'étaient les apprentissages, la sociabilisation, et l'acceptation de son retard moteur !

Pour illustrer la situation, je dis avec ma franchise habituelle à la directrice : « C'est comme si vous demandiez à un cul-de-jatte de courir le cent mètres haies ! » Il n'y eut rien à faire. Elle était coincée dans des schémas rigides qui la faisaient passer complètement à côté de la compréhension de tout ce qui se jouait pour Lou, comme pour des millions d'autres enfants atteints d'infirmité motrice cérébrale en France et dans le monde. Sans autre solution pour cette année, je me promis de rechercher une autre école l'année suivante, plus ouverte, car je trouvais inadmissible que l'on fasse redoubler Lou à cause de son handicap, quand la directrice reconnaissait elle-même qu'elle avait de grandes capacités intellectuelles à un si jeune âge.

La troisième année de maternelle, je trouvai, grâce à une institutrice référente efficace, une école publique avec un ascenseur tout neuf, où les matins étaient inclus, et qui « avait l'habitude ». J'étais ravie ! Lou allait avoir une auxiliaire de vie scolaire rien que pour elle, et une prise en charge adaptée, grâce à l'institutrice référente qui faisait le lien entre l'école, les parents et la MDPH[1], en leur notifiant ses besoins spécifiques en classe (quand

1. Maison départementale des personnes handicapées.

on avait la chance de ne pas attendre neuf mois sans réponse…).

Le jour de la rentrée, l'AVS de Lou, une brune, mère de quatre enfants, nous informa sur place qu'elle ne pourrait pas l'assister car elle n'avait pas signé son contrat ! Personne, bien entendu, ne nous avait prévenus ! J'appelai en catastrophe ma mère pour qu'elle me remplace car j'avais des rendez-vous. Coup de chance, elle était à Paris et disponible ! Le premier jour, ma fille eut donc sa grand-mère comme AVS, ce qui n'est normalement pas autorisé.

Plus tard, une réunion eut lieu avec l'ergothérapeute qui expliqua à l'équipe pédagogique ce que l'on pouvait exiger de Lou sur le plan du graphisme et de sa motricité fine, insistant sur ses capacités, sa marge de progression, et le fait qu'il fallait la stimuler en la laissant faire le plus possible par elle-même. La kiné nous proposa un fauteuil roulant pour qu'elle puisse avoir une autonomie dans l'école et un siège adapté en classe pour reposer son dos et lui permettre de garder de l'énergie pour apprendre. La maîtresse semblait déjà accablée par cette nouvelle élève et écoutait d'une oreille distraite, comme si elle n'était pas directement concernée. Je ne m'en préoccupais pas puisque tout était parfaitement cadré, et que le directeur était un ancien directeur de CLIS[1].

1. Classe pour l'inclusion scolaire, désormais appelée ULIS, unité localisée pour l'inclusion scolaire.

Lou était enchantée comme toujours. Il y avait beaucoup de bricolage, ce qu'elle adorait, malgré sa difficulté manuelle. Son AVS semblait plutôt gentille avec elle. Mais à chaque fin de journée elle m'expliquait avec son accent qui roulait les « r » que Lou n'était pas capable de faire les découpages demandés. Pareil pour le dessin. Je la sensibilisai, me répétai encore et encore... Il faut la laisser faire, insistais-je. Jusqu'au jour de la réunion pour faire un point d'étape. La maîtresse ne cessait de répéter : « Les élèves et Lou », « On est vingt-sept plus Lou », ce qui nous laissa pantois, surtout qu'elle reconnaissait par ailleurs que Lou suivait bien en classe. C'était à désespérer... J'en parlai au directeur qui haussa les épaules et tenta de raisonner la maîtresse et l'AVS.

Mais au final, tout bascula un matin d'hiver très froid où, me rendant compte que j'avais oublié de lui administrer sa dose de Keppra matinale, je courus en catastrophe à l'école vers 10 heures avec la pipette de liquide dans ma poche. En pénétrant dans l'enceinte, j'aperçus immédiatement ma Lou, non couverte, seule, au beau milieu de la cour de récréation, assise dans sa coque[1] de classe qu'elle ne pouvait mouvoir ! Effarée, je demandai au surveillant où était son AVS, et pourquoi Lou n'était pas dans son fauteuil roulant. Il ne savait pas, et se posait justement la même question. Ses petits

1. Siège-coque moulé sur le corps et offrant maintien et soutien en position assise.

camarades avaient vu qu'elle grelottait et étaient partis lui chercher un manteau. On l'avait posée là, comme un vulgaire meuble ! Abandonnée à son sort ! La moutarde me monta au nez. Je rentrai Lou au chaud, et tombai sur son AVS qui descendait tranquillement l'escalier juste devant moi. Elle était partie « juste cinq minutes », me dit-elle. Discussion à nouveau, où je gardai mon calme car c'était dans l'intérêt de Lou… Stérile. Mon interlocutrice n'écoutait pas. Je pris immédiatement rendez-vous avec la direction, et demandai officiellement à changer d'AVS sur-le-champ. Le directeur m'indiqua lui avoir déjà remonté les bretelles à plusieurs reprises, il allait donc recommencer !

« Non ! lui dis-je. C'est très grave, ce qui vient de se passer, monsieur. C'est même inadmissible, et plus encore quand vous êtes informé de la pneumonie très sévère que Lou a eue. » Il acquiesça. Il ferait remonter l'information le jour même à qui de droit.

En sortant de l'école, j'appelai directement le pôle des AVS pour dénoncer cette négligence que je considérais comme de la maltraitance. Une enquête serait faite dans les quinze jours, me dit-on, pour observer pendant une journée le comportement de l'AVS avec Lou en classe. Invraisemblable hypocrisie… ! Étant prévenue, comment voulaient-ils qu'elle se comporte de la même manière devant un inspecteur ? !

Il m'était impossible d'accepter l'idée de remettre ma petite fille dans un contexte pareil. Je refusai donc, arguant que le directeur, lui aussi, avait donné son aval après une discussion que nous avions eue tous les deux.

« Laissez-nous faire notre travail, madame, sinon on ne pourra pas vous aider », me répondit la responsable du pôle des AVS au téléphone. Mais quelle mère normalement constituée pourrait accepter de sacrifier son enfant pour une enquête qui confirmerait, ou non, ce dont nous étions témoins et que nous savions déjà ?

Je retirai Lou de l'école le soir même et lui fis l'école à la maison pendant trois mois, le temps de lui retrouver une AVS, la sœur d'une connaissance de Maria, une Colombienne en recherche d'emploi, qui me fit une excellente impression.

À la maison, Lou finit par m'avouer, soulagée, que sa maîtresse la remettait avec les plus petits en deuxième année de maternelle pour faire les exercices de graphisme et les bricolages. Je sentais qu'elle vivait très mal cette rétrogradation. Son AVS lui avait aussi reproché d'être en chaise roulante : « Tu vas écraser les enfants avec ton fauteuil électrique, c'est dangereux », l'avait-elle effrayée. Et, Lou, terrorisée, avait eu peur de leur « faire du mal » à la récréation ! J'étais atterrée… Quelle honte !

Je rectifiai, rendant leur responsabilité aux adultes défaillants, je lui réitérai mon amour et ma confiance en elle. Elle put passer une fin de scolarité merveilleuse grâce à sa nouvelle AVS, douce, compréhensive, qui la protégeait et lui donnait des armes verbales pour se défendre contre les injustices.

Mais pourquoi était-ce une lutte de chaque instant ?

Mon mari encaissait tout cela du mieux qu'il le pouvait, tout en travaillant pour « assurer » matériellement, venant le plus possible aux rendez-vous médicaux, toujours stressants (sauf chez le docteur Rigolo), pour prendre sa part de charge émotionnelle. Il était souvent soucieux, rongé par une culpabilité lancinante, un brin fataliste. Il est évident que ces tsunamis à répétition généraient beaucoup de stress entre nous, sans parler des incompréhensions à l'extérieur, parfois aussi à l'intérieur, avec nos proches. Les week-ends étaient compliqués et nous n'avions presque plus de moments privilégiés ensemble. Les personnes de confiance ne nous proposaient jamais de prendre Lou sans notre présence : elle alla pour la première fois à six ans passer trois semaines en vacances d'été chez ma grand-mère, avec ma mère et une nounou. Casse-tête chinois, et plusieurs fois nous arrivâmes au bord de l'épuisement, au point d'envisager de la placer dans un centre adapté où elle aurait été très malheureuse. Dans ces cas-là, si proches de la rupture, nos proches nous proposaient de la récupérer chez eux, ou de l'adopter si on abandonnait la partie… ! Mais pourquoi attendre que les parents soient au bout du rouleau, exsangues, quand une simple invitation de temps à autre nous aurait déchargés, et rendu Lou heureuse en la changeant de cadre pour partager un bon moment avec les autres membres de la famille, sans nous ? Il ne faut pas voir là un reproche, mais un simple constat et je pense que beaucoup de parents d'enfants avec un handicap ressentent la même chose.

En onze ans, elle n'a été invitée que deux ou trois fois, accompagnée d'une nounou, pour un week-end « seule ». Et la mère de mon mari qui se proposait pour la garder, prenait hélas à la légère nos recommandations, générant un stress supplémentaire et contre-productif à notre charge mentale déjà à son maximum.

Je me souviens d'une fois où Lou avait une forte infection urinaire (encore une). En sortant de sa chambre, ma belle-mère me dit : « Elle n'est pas chaude, ça va », pour me rassurer et me signifier que je m'inquiétais trop. Je pris le thermomètre dès qu'elle fut partie : Lou avait trente-neuf quatre de fièvre ! Nous courions un usant marathon. Je ne découvris que tardivement l'existence de la « maison des répits », pour les parents[1], et Lou s'y opposa fermement en bloquant les roues de son fauteuil le jour de la visite !

Nous gérions la tension chacun à notre manière, moi avec le yoga et des pics de stress quand je me sentais débordée par le handicap de Lou, mon mari avec comme seul exutoire son travail et des colères.

1. Structure proposant un accueil temporaire des personnes en situation de handicap pour donner du répit aux aidants.

Je voyais qu'il n'allait pas bien. Jusqu'au jour où il m'annonça qu'il ne pouvait plus supporter la région parisienne et me proposa de déménager à la campagne près de Rennes, au vert. Je donnais bien des cours occasionnellement dans une école de journalisme, mais même cette configuration était compliquée, car il fallait être flexible sur les horaires. Je pensais alors sérieusement à reprendre le travail, sans trop bien savoir par quel bout commencer après ce long break et avec l'agenda de ministre de Lou. Sentant que c'était vital pour lui, j'acceptai de tenter l'aventure : je rechercherai une activité sur place, sans compter que Rennes était à la pointe en termes de rééducation motrice.

La maison avait un beau jardin. Elle avait appartenu à une grand-tante décédée centenaire. Elle était en travaux depuis 2014 et nous allions y passer les week-ends. Quand nous fûmes sur place, mon mari s'épuisa dans les travaux et peu de temps après, il s'écroula d'un seul coup. Burn out. Je découvris alors qu'il s'était mis à son compte tout seul depuis fin 2008, et que nous étions dans le rouge à la banque. Je lui avais laissé, dans une confiance totale, la responsabilité de tout l'aspect matériel de notre vie, c'était notre accord de départ, et je m'étais mis des œillères parce que je m'étais polarisée sur Lou. Il n'avait rien osé me dire pour me protéger. Mon pilier, mon amour, mon mari, mon compagnon m'avait emmenée jusqu'ici pour ensuite faillir, ai-je songé. Je me sentis perdue, paumée en rase campagne, et en colère. L'année scolaire venait de commencer… Je devais faire face, sans tergiverser : j'allais m'inscrire à Pôle Emploi et trouverais bien un travail. Or, mon « CV trop atypique » ou « trop international » selon ma responsable, sembla n'intéresser personne. Nous avions cependant la chance inouïe d'appartenir à un milieu très privilégié, et nous fûmes soutenus par nos familles, qui nous aidèrent à franchir cette mauvaise passe moins violemment que prévu, nous laissant une deuxième chance.

La bonne nouvelle fut que la rentrée de Lou se passa à merveille dans une petite école de proximité du bourg d'environ deux mille habitants où nous vivions.

Nous avions d'abord visité une CLIS à environ vingt minutes de chez nous avec Lou : une seule AVS pour plusieurs enfants (donc si Lou voulait aller aux toilettes et que son aide était occupée, elle devait attendre que cette dernière soit à nouveau disponible), des adaptations de kiné, et une classe de six élèves avec le même handicap, mais avec des atteintes très différentes, comme par exemple ce jeune garçon, touché dans ses fonctions supérieures, qui peinait à comprendre l'énoncé d'un exercice et s'exprimait avec difficulté. Le principe était que l'on réinsérait les élèves en classe standard pour suivre le cours avec les autres quand ils avaient atteint le niveau requis dans une matière. L'idée était excellente mais se révélait ostracisante dans la pratique car, malgré une volonté affichée d'intégration, elle nivelait par le bas. Nous laissâmes le choix à Lou, qui refusa tout net en voyant les autres enfants avec un handicap plus sévère que le sien.

La directrice de l'école, Sophie, cheveux au carré et regard malicieux, nous reçut en souriant, soulignant à plusieurs reprises qu'elle ne voyait pas le problème quand on lui relata toutes les difficultés que nous avions rencontrées. « Lou est une élève comme les autres », ajouta-t-elle.

À peine dans la cour de récréation dans son petit fauteuil électrique, Lou vit une nuée d'enfants venir s'agglutiner autour d'elle, comme des abeilles autour d'un pot miel. Les questions fusaient dans tous les sens, chacun voulait pousser son fauteuil.

« Calmez-vous ! leur enjoignit Lou amusée, pas tous à la fois ! » Elle expliqua son « petit bobo », toujours succincte quand elle parlait de son handicap et les élèves l'intégrèrent dès le premier jour le plus naturellement du monde.

Forte de notre passé, j'avais bien expliqué la situation à la directrice, et lui avais suggéré de sensibiliser la classe en début d'année pour éviter les mauvaises surprises. Je ne sais pas si elle l'a fait, mais pendant trois ans, ce fut un rêve pour Lou. L'école appliquait les principes éducatifs de Freinet, proches de ceux de Montessori, et elle s'épanouit à l'école comme une fleur, déployant ses pétales, oubliant ses déboires passés, libérée de ses allers-retours à l'hôpital, et sevrée de son antiépileptique ! Tout était fluide, en dehors des soucis financiers et de notre absence de vie sociale – et professionnelle pour moi.

Seule la cantine resta problématique, la mairie du village estimant ne pas être en mesure d'assumer Lou. La directrice trouva une AVS pour la pause méridienne afin qu'elle puisse déjeuner avec ses camarades.

Pour les sorties scolaires, elle arrangeait tout avec l'assistance de parents qui se portaient volontaires, comme ce jour de sortie de classe (un marathon !) où un papa généreux courut tout l'après-midi en poussant le fauteuil de Lou, enchantée (je déteste courir !). Elle prit bus scolaires et autres cars, fit tout comme les autres, participa au spectacle de fin d'année maquillée et déguisée. Un bonheur à l'état pur pour elle et pour nous. Elle était joyeuse comme je ne l'avais jamais vue auparavant ! Nous étions remplis de reconnaissance pour la directrice.

Les copines de Lou venaient souvent à la maison les mercredis après-midi et à ses anniversaires. Seules deux d'entre elles l'invitèrent en trois ans, dont Zoé, sa meilleure amie, si patiente et douce avec Lou qui pouvait être très « commandante » !

Elle avait parfois des « coups de blues » comme quand son amie R., invitée chez nous à de nombreuses reprises, distribua une fois sous son nez des petits cartons d'invitation à tout le monde sauf à elle, qui en fut très meurtrie. Je lui conseillai d'aller en parler directement à sa copine pour lui dire ce qu'elle ressentait. La gamine lui avait alors répondu avec un aplomb déconcertant : « Désolée, c'est complet ! »

Lou pleura beaucoup, déçue par cette attitude égoïste. Je la consolai et lui dis qu'une véritable amie aurait cherché une solution. J'avoue avoir pesté intérieurement contre les parents qui n'avaient même pas pensé à m'appeler pour se renseigner (la chambre de R. était à l'étage). C'est pourtant tellement simple de s'adapter quand on essaie ! Lou entra alors dans une de ses colères noires qui masquaient la profondeur de sa blessure, et, radicale, chassa R. de son entourage. Elle hurla sa rage devant moi : « Elle disparaît de ma vie, celle-là ! »

Heureusement, à la même période, Lou découvrit le bonheur de la lecture ! Ce fut pour elle une autre révélation, une source d'éternelle consolation à son enfermement physique, que de déchiffrer les mots si précieux pour elle, de s'évader, de voler en imagination, de lire enfin ses histoires préférées sues par cœur, d'en découvrir d'autres, encore plus haletantes ! On lui acheta la collection de la « Cabane magique » qu'elle dévora, la « Bibliothèque rose », mais *Matilda* de Roald Dahl resta son ouvrage favori car elle adorait son univers onirique. Elle finit par connaître l'histoire mot à mot à force de la relire. Elle se plongea aussi avec délices dans une série qui se déroulait à Versailles, se prit de passion et de frissons pour les enquêtes mystérieuses d'Alice détective, ou celles de l'inspecteur

Cheddar. Un monde sans limites s'offrait à elle, ce qui la ravissait.

Nous avions appris que nous avions droit à des aides à domicile. Jamais auparavant la MDPH ne nous avait informés de ces possibilités d'aide ou d'auxiliaire de vie. J'avais l'impression que c'était Noël – car Maria était restée à Paris. Diverses jeunes femmes se relayèrent, avec plus ou moins d'expérience. Lou développa une affection particulière pour Chloé, une jeune femme au regard doux très bleu, d'une patience et d'une gentillesse extrêmes. Je remarquai au fil du temps que les personnes calmes, patientes, attendant impassibles au-dessus du tourbillon de sa véhémence la fin de l'orage quand Lou tempêtait, la sécurisaient. Cela disparaissait alors très vite, et elle finissait toujours par confier sa tristesse mais sans jamais parler de son handicap. Une fois seulement, vers quatre ans, elle demanda pourquoi « elle était comme ça », et on lui expliqua, insistant sur le fait qu'elle n'y était pour rien… nous non plus. Une fois que ce fut enregistré, elle n'en reparla plus jamais.

Dans le cas où la personne la remettait à sa place en utilisant le même ton colérique qu'elle, la relation virait invariablement au bras de fer. Alors Lou se déchaînait, et j'entendais des hurlements ou des pleurs quand l'adulte criait plus fort qu'elle.

Il n'était pas évident de trouver la bonne distance avec elle, puisqu'elle était dépendante pour aller aux toilettes, pour s'essuyer (avec beaucoup d'insistance elle apprit à le faire seule avec le temps), il fallait la préparer le matin (cela demandait bien trente minutes) et le soir, l'aider à entrer dans son bain, à se laver, à couper sa viande, à boire sans renverser systématiquement sur elle tous les verres d'eau ou de sirop (ce qu'elle fit seule plus tard), lui rappeler sans cesse de s'hydrater car elle n'en ressentait pas le besoin. Les infections urinaires se multipliaient ainsi que les prises d'antibiotiques, ce qui engendrait des germes résistants. Cette situation générait beaucoup de frustration chez elle. En classe, elle avait l'autorisation d'emmener sa gourde « Fée » qui lui plaisait beaucoup, pour penser à s'hydrater.

Nous avions opté pour le CAMSP[1] de Rennes pour faciliter les prises en charge multiples, passant outre mes appréhensions initiales après celui de Paris, où pendant un an la directrice avait été odieuse au point de nous faire renoncer et préférer une prise en charge libérale, plus compliquée.

Rapidement, nous ne fûmes plus associés aux choix d'orientation sur la kiné et sur le reste. La culpabilisation insidieuse à notre égard devint pesante. Le personnel du CAMSP ne respectait pas nos choix d'école ordinaire, et insistait pour que nous mettions plutôt notre fille à la CLIS. Lou les « inquiétait » car son schéma psychocorporel était « clivé » (sans blague !), elle devait en

1. Centre d'Action médico-sociale précoce.

faire « le moins possible » car « elle se fatiguait » et progresserait peu, ou plus, bref, nous les parents, n'étions pas des professionnels du handicap comme eux, même si nous le vivions au quotidien depuis cinq ans !

Je me lassai de tout ce bla-bla, et au détour d'une conversation avec une autre mère d'enfant porteur de handicap, j'entendis parler de la méthode Padovan et d'un praticien à Rennes. Sans entrer dans le détail, cette approche, venue du Brésil, rééduque la motricité dans sa globalité (les yeux, la mastication, les doigts et tout le corps), en utilisant les sons et le toucher pour stimuler le corps sensoriel à travers le corps physique. Les progrès de Lou furent spectaculaires. Elle tonifia son tronc, marcha beaucoup mieux avec de l'assistance. Je découvris au passage de nombreuses autres méthodes de rééducation bien plus efficaces que celle de Le Métayer (il existe depuis peu en France une structure pratiquant la méthode Habit-ile). Lou fit de tels progrès que la neuropédiatre du CAMSP qui avait refusé nos demandes de prise en charge supplémentaire d'ergothérapie n'en revenait pas. Lou suivit de la kiné en libéral tout en continuant le Padovan, et on oublia définitivement le centre du CAMSP.

Sans opportunité professionnelle malgré mes recherches actives à Rennes, je décidai de reprendre ma vie en main et proposai à Paul de nous baser à nouveau en Île-de-France où j'aurais certainement plus d'occasions professionnelles. Il devait de toute façon s'y rendre assez régulièrement pour son activité. Après une année très compliquée, il avait repris le travail… notre maison était toujours en travaux… Mais l'Île-de-France restait une énorme source de stress pour lui.

Je pensais alors n'avoir pas le choix : il me fallait revenir à une sorte de normalité, m'assurer professionnellement et alléger la charge matérielle de mon époux. J'avais bien fait quelques missions ponctuelles grâce à mes contacts parisiens : un reportage en Afrique, des petits films occasionnels, j'avais passé un master 2 en intelligence économique, pensant me spécialiser plus tard comme journaliste en défense nationale. J'avais aussi accompagné mon père malade jusqu'à sa mort…

Non sans heurts, le retour se fit. Nos enfants étaient encore petits. Je trouvai une école, par chance juste à côté de là où j'étais basée. Une école « spécialisée dans l'accueil des IMC », s'était fièrement exclamée la directrice, une brune aux cheveux courts et regard ébène. C'était rare ! J'en fus agréablement surprise, car peu d'écoles dites ordinaires acceptent les enfants en fauteuil roulant. Des travaux de mise aux normes avaient été faits, il y avait bien un ascenseur, des classes sans marches pour accéder facilement, une jolie cour… L'établissement me parut parfait !

Quelques jours avant sa rentrée en CM1, je reçus un mail de la direction m'indiquant que celle de Lou serait reportée à la semaine suivante, faute d'AVS. J'étais choquée de l'apprendre si tardivement. Je ne comprenais pas, car elle m'avait précisé que l'AVS de l'année passée serait réaffectée à Lou, il s'agissait d'une simple reconduction de contrat.

La directrice me dit « batailler » avec le pôle AVS depuis des semaines, et n'avoir aucune alternative que d'attendre que ce dernier daigne répondre à sa demande. Comme souvent, un sentiment d'injustice terrible et une sourde colère m'envahissaient. Qu'allais-je dire à Lou ? Comment justifier qu'elle soit punie, privée de sa rentrée scolaire comme les autres enfants pour des problèmes administratifs débiles ? Je n'en pouvais plus de ces dysfonctionnements récurrents et usants (sans mentionner les méandres administratifs surréalistes de la Maison départementale du handicap). Nous avions connu le bonheur éducatif où, avec quelques adaptations et un peu de solidarité tout roulait si facilement, allégeant notre lourd quotidien ! Je râlais. J'appelai directement le pôle des AVS pour tenter de résoudre le problème, proposant de me substituer à l'auxiliaire pour permettre à Lou de faire sa rentrée scolaire (mais je n'en avais pas le droit !), ou bien de recruter une personne avec leur aval. La dame m'écouta attentivement à l'autre bout du fil et me dit ne rien connaître du dossier. Prise de court, je menaçai de faire venir mes ex-collègues journalistes pour illustrer, au travers de cet exemple, l'échec du « grand plan Handicap » du président Macron. Elle m'informa alors que la direction de l'école n'avait pas envoyé la demande officielle de reconduction… (ou que le pôle AVS l'avait perdue, pensai-je), et elle régla le problème en deux secondes. J'étais folle de joie (que ne fallait-il pas faire ! d'autant que mes contacts étaient quasi tous partis depuis !), et j'informai la directrice du malentendu.

J'avais bien sûr préservé Lou de toutes ces discussions. Ce qui comptait, c'est qu'elle rentrait en même temps que les autres enfants !

Au téléphone, la cheffe d'établissement me demanda si Lou était autonome pour aller aux toilettes seule : oui, mais elle perdait l'équilibre et avait besoin d'aide pour s'asseoir sur le trône ; si elle arrivait un peu à marcher : je répondis fièrement oui, mais si on soutenait son tronc et quelques pas seulement car elle était très fatigable vu ses activités extrascolaires (kiné, ergothérapeute, etc.) ; si elle écrivait : non, elle dictait tout à son AVS en attendant l'ordinateur sur lequel sa vitesse de frappe restait encore un peu lente. Pour la cantine, le couperet tomba : il était impossible de la garder.

Nouvelle déconvenue. On me renvoya vers la mairie, qui ne pouvait rien faire car l'école était privée, cette dernière me demandant à nouveau de me tourner vers la mairie… Infernal ping-pong… sans aucune solution !

Parce que Lou était en fauteuil roulant, elle était privée de cantine… ! Pourtant elle se débrouillait très bien pour manger seule, après des années à apprendre à couper sa viande, et à rééduquer ses mains et ses doigts !

La directrice argua que l'aide au transfert pour aller aux toilettes pendant la récréation de midi était un problème. Je fis remarquer qu'il y avait des surveillantes, du personnel : « Non, madame, je ne peux détacher une surveillante de la cour pour Lou. »

Où étaient passées la souplesse et la gentillesse que nous avions connues ? Je n'avais d'autre choix que de ramener ma fille tous les midis pour déjeuner à la maison, avec l'impression qu'on me mettait des bâtons dans les roues au lieu de m'aider. Les trois premiers mois furent intenses. Je n'avais encore aucune aide à domicile, et n'arrêtais pas de faire des allers-retours à l'école, chez la kiné, chez l'ergothérapeute, sans compter Aurélien et les devoirs…

Le jour de la rentrée, surprise ! Lou n'était pas dans la classe adaptée avec l'entrée de plain-pied, mais dans celle avec les marches… Incroyable. Il fallait donc la sortir de son fauteuil, lui faire monter ou descendre ces marches, le matin, le midi et le soir, plus pour toutes les récréations ! Je savais à quel point c'était physiquement coûteux pour elle, et totalement inadapté. C'était une évidence que j'avais mentionnée, et que la kiné de rééducation avait soulignée. Je m'en ouvris, inquiète, à la cheffe d'établissement qui me rétorqua sèchement :

« Madame ! C'est *vous* qui m'avez dit qu'elle *pouvait* marcher ! » Oui, certes, mais je n'aurais jamais pensé qu'elle lui imposerait une telle aberration toute l'année ! Quand on sait ce qu'est la paralysie cérébrale, on n'impose pas cela ! Je proposai également de sensibiliser la classe, mais elle refusa tout net considérant les enfants « grands maintenant et que c'était inutile ».

Or c'était faux. Il n'y a pas d'âge pour être sensibilisé ou sensibiliser au handicap surtout quand la personne est en face de soi. Nous le savions mieux qui quiconque ! Encore fallait-il avoir une once d'empathie, ou de charité chrétienne… Cela s'en ressentit, car Lou se retrouva souvent isolée à lire dans son coin, toute seule. Digne, elle ne s'en plaignit jamais. Cependant, la deuxième année, elle refusa de fêter son anniversaire pour la première fois. Je pense que c'était parce que personne ne l'invitait jamais (elle avait reçu une invitation en deux ans…). Pourtant, elle était très sociable et avait de nombreuses copines…

En réalité, l'école accueillait alors un ou deux enfants souffrant d'un handicap qui venaient quelques après-midi par semaine. Lou était la première scolarisée à plein temps. Il fallait faire avec la direction qui avait des idées bien précises, se revendiquant à tout bout de champ « professionnelle de la pédagogie ».

Comme toujours je me retrouvai avec le choix binaire de la CLIS ou de l'école « ordinaire » : « Et encore vous n'aurez jamais de place », m'avait rétorqué l'institutrice référente en réunion. Elle aurait mieux fait de prendre sa retraite anticipée, tant l'Éducation nationale semblait l'avoir usée. Elle pointait chaque fois des problèmes sans solutions. C'était désespérant. À part une proposition de séances de logico-mathémathique, elle n'apporta rien à notre fille.

Lou s'adapta très bien en classe avec sa jeune maîtresse plutôt sympathique. Elle l'aimait bien et aimait apprendre. Le premier entretien pédagogique eut lieu trois mois après sa rentrée en CM1. Quand je demandai comment se passait l'adaptation de Lou dans son nouvel environnement, la directrice de l'école me répondit sérieusement : « À la récréation je ne vous dis pas qu'elle saute à la corde comme les autres... mais, bon... elle tient la corde pour ses camarades. » Paul et moi étions abasourdis par tant de bêtise crasse à l'égard de Lou, notre amour de petite fille qui se battait si valeureusement depuis qu'elle était bébé, juste pour être elle-même.

Je regardai cette femme, avec ses yeux noirs de chouette : tout le monde se tut dans la salle tant elle était crainte au sein de l'établissement, et connue pour ses comportements « limites ». Elle enfonça un clou cruel, décrétant que Lou était « nulle en mathématiques, et donc qu'elle *serait* nulle en grammaire » ; et comme elle était aussi professeur de mathématiques, elle décida seule de la faire « décrocher » tout à fait des cours de maths de l'année pour qu'elle suive des cours « adaptés à son niveau », soit de CP-CE1. Lou n'eut donc aucune évaluation notée, ni de moyenne comme les autres dans cette matière. Aucune discussion ne fut possible. Nous étions tous choqués par cette attitude si négative à l'égard d'une enfant en difficulté déjà frappée par l'épreuve, et qui nous semblait contraire aux valeurs prônées par cet établissement catholique ! J'avais évidemment déjà évoqué les difficultés de spatialisation de Lou qui engendraient souvent des problèmes de conceptualisation en maths chez les IMC. Rien n'y fit. Cette femme ne lui passait rien. Lou avait toujours tout faux. Quand en géographie elle avait compris et donnait la bonne réponse en utilisant ses phrases à elle, le point n'était pas compté. Il fallait les « mots précis de la leçon », peu importait qu'elle ait saisi le sens ou non. Lou s'avéra être une très bonne élève, et en grammaire en particulier, excellente en orthographe avec 20/20 de moyenne. La directrice commenta d'un lapidaire : « L'orthographe est innée chez Lou » ; 16 de moyenne en français – « Oui mais elle a une AVS ». Lou s'échinait à dicter, lettre par lettre, fautes comprises, à son AVS qui remplaçait juste sa main impotente. La directrice avait même fait le choix de la noter… en dessin ! Et lui fit faire des pages d'écriture, à notre insu, malgré les interdictions formelles du médecin de rééducation motrice, car cet effort s'avérait inutile et fatigant pour un résultat qui ne serait, hélas, jamais à la hauteur de son intelligence.

C'était invraisemblable. Il m'était désormais devenu impossible de discuter avec la maîtresse de ma fille sans que la cheffe d'établissement prenne la parole, plongeant sa collègue dans le mutisme, le regard fuyant vers le sol.

Les sorties scolaires furent les plus délirantes. Je devais systématiquement me rendre disponible pour l'accompagner, sinon Lou en était privée, malgré la présence de son auxiliaire scolaire ; et si j'avais prévu autre chose, elle disait, culpabilisante : « Les autres parents se rendent disponibles, eux ! »

Le choix des sorties de ces deux années consécutives n'était pas non plus piqué des hannetons : on eut droit à la visite de… Montmartre ! En fauteuil roulant. C'était à se demander si elle ne le faisait pas exprès. La première fois, j'y étais allée, poussant le fauteuil de Lou des heures et des heures durant sur les pavés de la place du Tertre en montée…

Lors d'une autre sortie, j'insistai auprès de la directrice pour que Lou puisse s'y rendre en car comme les autres. Elle refusa catégoriquement, prétextant des problèmes d'assurance. Selon elle, je n'avais qu'à la conduire. Ce fut la fois de trop. Je saisis le défenseur des droits, une femme elle-même handicapée moteur. Elle me rappela quelques jours plus tard, impuissante : la direction de l'école lui avait dit que le trajet se faisait en car, sans toilettes, et que « Lou ne pouvait pas se retenir » ! J'enrageais intérieurement. Comment s'était-elle contentée d'accepter un mensonge aussi bête et humiliant pour ma Lou sans vérifier auprès de moi ? Heureusement, ma fille ne se rendit jamais compte de toute cette cuisine interne et semblait contente d'aller à l'école. La relation s'était évidemment tendue entre la directrice et moi, et les mots pleuvaient sur le carnet de liaison, carnet qu'elle ne voulut pas nous rendre à la fin de l'année, et je dus insister pour le récupérer. Une fois encore, je dus ronger mon frein tant que l'année n'était pas terminée. L'année suivante mon mari dut prendre des jours de congé pour accompagner Lou pendant une sortie scolaire de trois jours.

Enfin, il fallut trouver un collège pour l'entrée en sixième. La directrice me parla d'une école située à plus de quarante-cinq minutes de chez nous ! Y étaient accueillis d'autres enfants avec un handicap… Elle avait déjà « enfermé » Lou, qui ne rentrait pas dans *ses* normes.

La confiance entre nous était rompue. Alors, je me mis à rechercher de mon côté sans lui en toucher mot. Était-ce le hasard, mais je remarquai que bizarrement les deux établissements dont je lui avais parlé me refusèrent mon enfant sans aucune explication valable. L'un me dit : « Il faut que j'entre en contact avec la directrice d'abord », et l'autre nous avait directement parlé de la CLIS. Un seul collège m'ouvrit ses portes. Le proviseur accepta Lou par principe et après que je lui eus expliqué son handicap. On recevrait un formulaire d'inscription en novembre à remplir. La fin de l'année approchait et je dus informer l'école du futur collège de ma fille. Puis les mois s'écoulèrent, sans que je reçoive le papier d'inscription. En avril le secrétariat me dit au téléphone qu'il me le renvoyait. En mai, inquiète, je décidai de débarquer au collège avec la marraine de Lou de passage à Paris. Le proviseur me reçut à nouveau, prit un air gêné et me dit qu'il attendait de savoir si on lui octroyait une classe supplémentaire de sixième l'année prochaine, auquel cas il aurait droit à une AVS pour Lou. Dans le cas contraire cela ne serait pas possible. Je confirmai notre échange par mail le jour même. Je rappelai en juin, et son secrétariat m'indiqua qu'il était toujours « occupé », au point que je finis par demander directement si la classe supplémentaire avait été accordée. On me répondit « oui ». Ouf ! Dans ce cas tout était OK. Le lendemain le directeur m'envoya un mail m'expliquant que Lou ne serait pas prise car il y avait déjà trop « d'AVS en classe » ! Le sol se dérobait. Comment était-ce possible ? Aucun collège pour Lou en septembre ! Nous étions fin juin ! J'écrivis un courriel furibond, rappelant au proviseur son engagement, nos entrevues, le fait qu'il nous plongeait, avec ma petite, dans une situation extrêmement compliquée, évoquant une possible discrimination. Ce mot le fit réagir immédiatement et il m'envoya une réponse pour me dire à quel point il était quelqu'un de formidable, ouvert aux autres handicaps. Je me suis demandé après ce revirement de situation si la directrice était intervenue comme pour les autres. Désespérée, j'écrivis une lettre remise en main propre à Brigitte Macron par un contact de mon ancien travail pour demander de l'aide. Elle me répondit par courrier et m'avisa qu'elle transférait le dossier à Mme Cluzel[1], qui ne le vit sans doute jamais, car rien ne se passa. J'appelai alors le rectorat de Paris. Il ne restait que deux collèges publics adaptés proches de chez moi. Le médecin du rectorat me demanda de les visiter avant la rentrée pour m'assurer que le fauteuil entrait dans l'ascenseur. Or, dans le premier collège, où je fus très bien reçue, l'ascenseur ne desservait pas tous les étages. Je harcelai les responsables du second collège, et dix jours plus tard je n'avais toujours aucune réponse à donner au rectorat pour une dérogation d'inscription ! C'était désespérant. Je rédigeai un mail collectif mi-juillet, avec le proviseur du seul collège possible pour Lou, et mis en copie le rectorat, Sophie Cluzel, le Défenseur des droits ainsi que le maire d'arrondissement, et réexposai toute la situation en demandant si en 2019 il fallait quémander pour scolariser son enfant.

Immédiatement les portes s'ouvrirent et tout se dénoua. Il s'agissait d'un malentendu. Je sais que mon approche a déplu, mais j'étais désespérée. Fort heureusement, la proviseure d'un collège, une femme de cœur, très intelligente, ainsi que son adjointe, comprirent ma détresse cachée et nous ouvrirent les bras avec amour, accueillant Lou de manière merveilleuse.

1. Sophie Cluzel, secrétaire d'Etat chargée des personnes handicapées depuis 2017.

Chapitre 11

L'été 2019, le dernier, nous partîmes en Bretagne. Lou admirait au loin Aurélien et sa cousine Victoire qui couraient devant la crêperie « bigoudène » dans laquelle nous avions déjeuné. Elle venait d'engloutir deux crêpes complètes au sarrasin, et avait sifflé en douce une bolée de cidre qu'elle appréciait beaucoup. En suivant du regard son frère et sa cousine avec envie, elle avait confié à son papa : « Moi, je ne saurai jamais ce que ça fait de courir », perçant ainsi le cœur de son père d'une flèche. Cela n'était qu'un triste constat, sans aucune acrimonie, ni jalousie à l'égard de son frère.

Lou se servait de la motricité de celui-ci, et sous ses injonctions, Aurélien dansait, courait, se livrait à toutes sortes d'exercices physiques et de facéties, se prêtant à ses désirs avec une grande générosité, ce qui la ravissait au plus haut point. Elle en riait de bonheur. Leur complicité était émouvante. Et comme elle était mal spatialisée, à cause de l'IMC, il arrivait parfois qu'elle lui demande des choses absurdes, comme de lever une jambe en l'air, puis les deux ! Cela faisait pouffer de rire Aurélien : « Pfff Lou ! C'est impossible ! » Elle se vexait car elle mettait un moment à comprendre les explications de son frère. Ou elle lui faisait encore déménager notre bibliothèque pour jouer « au libraire », Lou organisant « la boutique », minaudant, jouant à la commerciale aimable, et encaissant l'argent avec avidité, pendant qu'il lui servait de manœuvre.

Mais ils fonctionnaient tous deux en bonne intelligence, se respectant l'un l'autre. Aurélien se référait très souvent à sa grande sœur pour lui demander des conseils, et Lou prenait son rôle très au sérieux, se voulant protectrice avec lui. Elle le consolait quand il était triste, lui écrivait des mots d'encouragement sur des Post-it, était très affectueuse avec lui ; mais elle pouvait aussi se montrer autoritaire, ce qu'il appréciait nettement moins : « Tu n'es pas ma mère, Lou ! » se révoltait-il.

L'été s'étira dans une certaine torpeur empreinte de sérénité, et il nous fallut bientôt rejoindre nos pénates pour la rentrée scolaire.

Coucou yé-yé, je passe en sixième cette année ! Pour fêter ça, j'ai un portable ! Demain c'est la rentrée, nouvelles copines, nouveaux professeurs, nouveau cartable, nouvelle classe, nouvelle AVS, bref j'ai hâte, ça va être une super année scolaire ! Je suis très contente !

Voici ce qu'elle écrivit à sa marraine la veille du jour J avec moult cœurs et émojis. C'était *sa* victoire, notre victoire ! Lou avait un collège. Un mois avant la rentrée de septembre. On avait réussi ! ! J'étais si heureuse pour elle. Nous avions déjoué, ensemble, tous les obstacles, les freins, les réticences… fait taire les oiseaux de mauvais augure à la vision sèche et étriquée de l'humain qui voulaient la réduire, la mettre dans des cases étroites ne correspondant pas à qui elle était : une enfant, devenue une préadolescente, mais surtout un exemple de ténacité, une guerrière de lumière contre les ténèbres, sans armes mais d'un courage hors du commun, digne. J'étais si fière de ma fille !

Le jour de la rentrée, elle était inquiète, comme souvent quand elle ne maîtrisait pas parfaitement son environnement ou les personnes de son entourage. Mais elle savait qu'elle était entre de bonnes mains car elle avait rencontré la proviseure et son adjointe, humaines, ouvertes, généreuses. Elles avaient pris le soin et le temps de découvrir Lou, de l'observer et de lui poser des questions.

Pendant que nous avions échangé, j'avais remarqué que Mme V. M. l'observait discrètement. « Tu as l'air fatiguée, Lou », lui dit-elle au bout d'un moment. Lou reconnut qu'elle l'était un peu. Elle lui proposa alors de mettre à sa disposition une salle pour se reposer, être au calme ou lire, quand elle le souhaiterait, à la récré par exemple. Ma fille était très touchée. Elle lui dit aussi qu'elle pourrait aller à la cantine comme les autres, que rien n'était un problème, proposant même de recevoir la kiné sur place si nécessaire.

J'étais bouleversée par tant d'ouverture d'esprit, et le lui dis. J'avais envie de la prendre dans mes bras et de l'embrasser ! « Allez-y ! » me dit-elle d'un ton malicieux et je lui tombai dans les bras, pleine de gratitude !

L'enceinte du collège était magnifique. Après l'entrée principale, on montait quelques marches et on tombait sur un merveilleux jardin arboré et fleuri, une bulle de respiration dans ce très bel édifice. Une autre petite fille en fauteuil roulant était scolarisée dans le même collège, et Lou, qui recherchait sans cesse le contact avec les autres, tenta de s'en faire une copine, mais sans trop de succès.

Son AVS, Martine, une femme énergique, adorable, à l'écoute aussi, comprit Lou sans dire un mot, et s'entendit immédiatement avec elle. Une complicité particulière s'instaura très vite entre elles deux car Lou se sentait en sécurité.

Tout se déroulait sans heurts, et ma chérie s'adaptait au rythme de la sixième, courageuse, souvent fatiguée mais heureuse comme je ne l'avais pas vue depuis deux ans !

Elle avait plein de copines, des amies avec qui elle déjeunait à la cantine et qui portaient son plateau ; elle notait ses déjeuners dans son agenda, comme une adulte. Elle adorait toutes les matières, y compris la science physique, ce qui me surprit. Elle était même acceptée en cours de gym, que le prof adaptait à elle, ce qui la rendait très heureuse. Ses notes s'en ressentaient, elles étaient excellentes, des 16, 17, 18. En maths, sa prof disait qu'elle avait de très bonnes capacités dans cette matière. Quel changement radical par rapport à l'année précédente ! Quelle belle revanche ! Au premier trimestre elle eut plus de 15 de moyenne générale et reçut les encouragements dans un collège-lycée où le bac est obtenu à plus de 90 % !

Dans le secret de la récréation, Lou écrivait un roman pour nous, à l'abri des regards, dans une salle que Raphaëlle, une charmante enseignante, accepta de partager avec elle durant la pause de midi. Lou avait confié à Martine vouloir nous en faire la surprise à la fin de l'année… Un roman qui restera inachevé… Elle lisait, aussi.

Le temps passait, nous savourions ces victoires et ce quotidien quasi normal qui s'offrait enfin à nous et que nous avions obtenu de haute lutte. Une accalmie heureuse avant les ténèbres, le calme avant la tempête. Notre vie qui ressemblait depuis douze ans aux montagnes russes était sur le point de basculer définitivement, sans retour possible.

Quelque temps après la rentrée, un jour où nous sortions de chez sa psychiatre, Lou se mit à pleurer à chaudes larmes dans le hall luxueux du bel immeuble blanc sur un grand boulevard parisien. Elle ne s'était pas sentie comprise et en avait gros sur le cœur. Elle avait dit vouloir acheter un réveil qui indiquait le jour et la nuit, et la psychiatre lui avait répondu du tac au tac : « Non Lou ! Je ne suis pas d'accord ! À onze ans et demi, tu ne vas pas prendre un "réveil lapin" comme pour les bébés ! » Je ne sais pas pourquoi elle avait imaginé un réveil lapin, car Lou avait simplement repéré une alarme toute ronde divisée en deux parties : une bleue et une blanche. Organiser son temps visuellement la rassurait, car la nuit la plongeait souvent dans des peurs irrationnelles qu'elle contrôlait un peu mieux avec le temps. À la maison, elle écrivait toujours sur des petits bouts de papier ou sur un ordinateur ses plannings de la semaine, les règles de la maison, ou les activités du mercredi, comme pour se rassurer, en lettres colorées : *petit déjeuner, déjeuner au restaurant avec Mamika, cours de BD – balade au square – devoirs et lecture, etc.*

En me documentant sur les enfants IMC, j'avais découvert que les lésions cérébrales pouvaient engendrer de légères similarités avec certains troubles du spectre autistique comme la passion pour les lumières, par exemple. Bébé, Lou était fascinée par les lustres qu'elle pouvait contempler de longs moments, comme hypnotisée.

À onze ans passés, cette lubie avait disparu, mais Lou oscillait entre un caractère plus mûr que son âge et un côté encore très enfantin. Cela pouvait être très désarçonnant pour l'entourage, comme ce le fut pour sa psy qui ne comprit pas.

On aurait dit qu'elle souhaitait s'approprier pleinement sa vie, ne supportant plus d'entendre des spécialistes parler d'elle et de son handicap aux réunions pédagogiques, de ce qu'elle pouvait ou ne pouvait pas faire. Cela provoquait en elle un sentiment de colère mêlé à de la tristesse. Souvent nous lui disions, quand elle voulait tout décider seule : « Tu veux aller trop vite, Lou ! Dans quelques années tu pourras agir comme tu voudras. »

Elle se comportait comme une jeune adulte, entrant dans les boutiques, et choisissant, très à l'aise, ses manteaux, ses jupes, ou tee-shirts sur les portants, interpellant la vendeuse, qui s'amusait devant tant d'aplomb et de détermination pour une si jeune fille :

« Madame, s'il vous plaît ! Auriez-vous cet article dans une autre couleur ? Il est à combien ? »

Lou n'avait pas accès à un vaste choix d'activités, car en plus de son handicap, le manque d'accessibilité de nombreux endroits l'emprisonnait et elle en était très affligée. Ainsi, elle ne pouvait pas se rendre à la bibliothèque en bas de la rue le mercredi comme son frère, faute d'ascenseur.

Je l'avais encouragée à écrire au maire pour lui exposer son problème et ce qu'elle ressentait face à cela afin de le sensibiliser. Elle s'empara fièrement de mon ordinateur, et lui écrivit le 4 décembre 2019, sans aucune aide, ce mail :

Objet : accessibilité de la bibliothèque
Monsieur le Maire,

Je m'appelle Lou, j'ai onze ans et j'habite 10 rue X à côté de la mairie. Je suis en fauteuil roulant car je souffre d'une infirmité motrice cérébrale depuis ma naissance. Les mercredis je ne sais pas quoi faire et j'aimerais bien m'inscrire à la bibliothèque comme mon petit frère Aurélien, car lire est mon loisir préféré. Or, elle n'est pas accessible pour que je puisse m'y rendre comme les autres enfants. Je sais par maman que vous êtes intervenu pour m'aider à être affectée au collège et je vous en suis très reconnaissante. À présent pourriez-vous faire en sorte que je puisse bénéficier de la seule activité que je peux faire dans le secteur ?

En vous remerciant par avance de l'attention que vous porterez à mon courriel.

Je vous prie d'agréer monsieur le Maire, l'expression de mes salutations distinguées.

Lou Les S.

Elle m'avait demandé quelle formule de politesse utiliser pour conclure, ravie et surtout impatiente de recevoir une réponse !

Si elle avait su, ma pauvre petite merveille, que je recevrais seulement en janvier, après qu'elle nous eut quittés, un appel pour me dire que c'était impossible « faute de moyens » ! Elle aurait été si déçue. Une iniquité de plus à encaisser, la renvoyant à son injustice initiale, celle d'être privée de la marche…

Pour gérer ses émotions, ses frustrations, ou peut-être une angoisse existentielle bien légitime, Lou avait d'abord été suivie, petite, par une psychologue pendant un temps jusqu'à ce qu'elle lui déclare à six ans, avec son caractère volcanique : « Je ne veux plus jamais vous revoir ! » La psy ne s'en était pas offusquée, plutôt amusée.

Elle avait souligné que Lou faisait preuve d'une rage démesurée à chaque barrage sur sa route, ou contrariété, comme un écho à la rage qu'elle avait déployée pour vaincre la mort par trois fois lorsque son pronostic vital avait été engagé. De ce fait, elle ne savait pas toujours nuancer ou mesurer ses réactions, et pour cause. Cette grille de lecture me semblait très parlante et très juste.

Lou entrait dans sa douzième année et je l'accompagnais régulièrement chez sa psychiatre, dans le but de l'aider à gérer ses crises de colère qui la submergeaient lorsqu'elle se sentait « désappropriée » de sa vie, ou de son discours, et à opérer la transition délicate de l'enfance vers l'adolescence, source d'anxiété et de confusion chez elle : comment devenir autonome quand on est encore dépendante physiquement d'un tiers ? Que sa poitrine et ses premiers poils pubiens apparaissaient ?

Mais en même temps, elle progressait, réussissait à l'école et avait trouvé sa vocation à la suite d'un profond échange que nous avions eu toutes les deux : devenir institutrice. Nous revenions de loin car elle avait initialement choisi « danseuse » (ce qui nous brisait le cœur), puis kinésithérapeute. Elle adorait les enfants et les tout-petits en particulier, et avait même songé à devenir nounou ! Elle qui aimait tant la lecture et les apprentissages, je lui avais soumis cette idée d'enseigner en maternelle ou en primaire. En fauteuil, c'était possible ! On avait bien vu des avocats plaider assis ! Son visage s'était tout à coup illuminé, soulagé : « Oh merci maman ! Grâce à toi je sais ce que je vais faire maintenant ! Merci ! » Elle me serra si fort pour m'embrasser que je crus étouffer.

Elle avait aussi commencé à s'opposer à nous frontalement, et j'y avais vu un très bon signe dans son développement personnel, car au fond elle me faisait comprendre qu'elle avait grandi et que je pouvais un peu la « lâcher » maintenant.

« Maman ! Je ne suis pas une poupée en porcelaine ! » me disait-elle en riant parfois quand je m'inquiétais encore d'elle. Je me réjouissais de la voir devenir une belle jeune fille aux jambes infinies, mesurant plus d'un mètre soixante, m'arrivant au niveau du nez quand je la prenais dans mes bras pour la câliner. Ma grand-mère disait souvent que Lou était très jolie avec son teint délicat de lis et de rose ! Eh oui, elle était ravissante.

Elle avait tant progressé : elle cuisinait, arrivait à éplucher les légumes et à les couper avec lenteur, se lavait seule, s'essuyait aux toilettes, allait avoir un fauteuil électrique commandé par une montre intelligente, tapait de plus en plus vite à l'ordinateur, enfilait ses tee-shirts et mettait ses chaussettes seule.

Il y avait certes encore du chemin, et peut-être se sentait-elle découragée par tous les efforts déployés pendant si longtemps pour ne faire que quelques pas : « Maman, il faudra peut-être que tu acceptes que je n'y arrive pas », m'avait elle dit un jour quand je l'encourageais, enthousiaste, chez la kiné. J'avais longuement et attentivement scruté toute son évolution au fil des ans, ses moindres victoires, aussi infinitésimales soient-elles pour le commun des mortels, tandis qu'elle ne voyait que ce foutu fauteuil et ses impossibilités.

Alors, ce jour-là, la réaction négative de la psychiatre avait provoqué chez Lou une de ses colères caractéristiques, elle criait son désespoir de se sentir incomprise. J'étais intervenue pour calmer le jeu et la psy avait repris : « Ah oui ! c'est sûr, je ne comprends pas pourquoi tu veux un réveil comme ça à ton âge ! » Lou fondit alors en larmes. Elle n'avait pas su quoi dire, déçue, étreinte par le chagrin. Cette situation me préoccupait beaucoup, car où allait-elle trouver un espace de réconfort neutre à présent ?

En sortant sur le boulevard gris et bruyant, je lui dis que je lui achèterais ce réveil, qu'on se fichait de ce qu'elle disait. J'étais énervée par le mal que Lou avait ressenti à cause de l'incompréhension de sa psy. Je lui proposai même d'en changer si elle voulait, car il me paraissait anormal d'en sortir encore plus mal qu'en y entrant. « Non, maman.

Il faudrait que je recommence à tout expliquer à quelqu'un à nouveau, j'ai la flemme. » Elle était si dépitée… Mon cœur de mère se serra comme le sien. Après ce rendez-vous, Lou était particulièrement angoissée, bien plus que d'habitude, et se rongea les ongles dès notre retour, signe de stress chez elle.

Dans la nuit, elle vomit et eut très mal au ventre avec une petite fièvre à trente-huit degrés. Rien d'alarmant a priori, Lou avait régulièrement mal au ventre : son transit paresseux lui générait depuis son plus jeune âge des spasmes réguliers que l'on gérait à grand renfort de laxatif par voie orale.

Ce jeudi 5 décembre 2019, j'ai pensé tout d'abord à une gastro-entérite car nous étions en plein pic épidémique. J'envoyai un mot de dispense au collège pour la garder au chaud le vendredi. La fièvre était stable. Mais le samedi matin, elle avait trop mal. Elle vomit de la bile que je trouvai foncée, et la douleur était intense au point qu'elle ne put manger normalement ni aller à la selle. Je sentis mon angoisse remonter comme une vieille alliée vigilante et trop connue. Je songeai évidemment à tous ses épisodes d'infection urinaire et lui fis faire une analyse de contrôle. L'aide à la maison m'avait dit qu'elle n'avait pas bien bu la veille. Une contrariété de plus pour moi à qui on demandait sans cesse de relâcher mon attention pour la laisser grandir !

Pour éviter d'aller à l'hôpital que nous redoutions désormais tous depuis des années, étant donné notre vécu traumatique, et surtout le sien, j'appelai le matin SOS Médecins. Une jeune médecin charmante se présenta à la maison, et à la description des symptômes puis à l'auscultation de Lou allongée dans son lit dans sa chambre, elle pensa à un calcul rénal.

Le résultat de l'analyse d'urine était revenu négatif, ce qui me rassura. Mais elle nous expliqua que l'absence d'explication à sa douleur intense justifiait « de faire une imagerie pour explorer » en urgence.

J'étais atterrée : il fallait retourner à l'hôpital. Je me souviens avoir pensé « C'est la fois de trop ! », songeant à ce qui nous attendait...

La médecin me demanda si je souhaitais appeler les pompiers pour nous y conduire. Mais nous étions à dix minutes à pied de l'hôpital, nous avions l'habitude, tout son dossier depuis sa naissance était disponible sur place. Et surtout, je ne voulais pas impressionner Lou.

En détresse, j'appelai Paul qui ne put se libérer sur le coup. C'est ma mère qui me rejoignit car je me sentais fragile, dépourvue de cette énergie que j'avais déployée depuis toutes ces années. Je n'en pouvais plus de voir le sort s'acharner sur mon amour qui se battait comme une lionne valeureuse. Qu'on lui fiche la paix ! Je me sentais entamée par nos épreuves à répétition et n'avais pas le courage d'y aller seule avec elle. Je ne voulais plus retourner dans cet endroit empli de mauvais souvenirs.

Mais comme toujours, je rassurai ma fille, prenant sur moi, même si elle me vit probablement attaquée moralement. Je restai par principe combative. Je l'habillai délicatement car elle avait mal dès qu'elle se dépliait, et la conduisis aux urgences pédiatriques où elle était connue comme le loup blanc depuis bébé avec son dossier long comme le bras.

Nous arrivâmes vers midi dans la salle comble des urgences. Début décembre, elle regorgeait de familles venues faire ausculter leurs enfants avec divers niveaux de gravité.

Nous étions dans la file d'attente pour l'accueil, et Lou se plaignait toujours, tordue de douleur sur son fauteuil : « J'ai mal, j'ai mal », répétait-elle les traits tirés et le visage pâle.

Derrière nous, une petite fille s'était a priori cassé un doigt et attendait. Sa mère, qui était infirmière, fut prise de compassion pour Lou et me rassura, indiquant qu'étant en fauteuil elle était prioritaire. Je n'avais jamais pensé à cela mais je m'en réjouissais. J'appris plus tard l'existence de la charte Romain Jacob. Quand vint notre tour la femme en blouse blanche questionna Lou : « Quelle est ta douleur de zéro à dix ? » Lou répondit : dix ou douze !

Je décrivis en détail tous ses symptômes : fièvre, vomissements, cette douleur abdominale brutale intense et anormale par rapport à ce que nous connaissions d'habitude, prenant le soin de préciser que tout son dossier médical depuis qu'elle était bébé était sur place.

La petite fille qui nous suivait dans la file d'attente fut prise en charge avant Lou... Bien d'autres personnes arrivées après elle passèrent avant... Lou souffrait terriblement et geignait de plus en plus.

Au bout d'un très long moment, je me rendis à nouveau au bureau, passant devant la file de toutes les personnes qui attendaient, me demandant si l'une d'entre elles me tomberait dessus. À la barre d'accueil, j'interpellai la soignante juste à côté de celle qui procédait aux entrées.

« Madame, nous sommes envoyées par SOS Médecins. Ma fille de onze ans est arrivée il y a plusieurs heures et elle souffre le martyre. Elle a même dit avoir mal à dix sur dix ! Savez-vous quand elle sera prise en charge ? Et pourquoi des gens arrivés après passent avant elle ?

« Ce sont les médecins derrière dans les box qui priorisent les dossiers des patients. Veuillez patienter, madame.

— Mais enfin, elle a très mal au ventre ! Donc ils pensent que ça n'est pas grave ? insistai-je. Tout son dossier est ici où elle est suivie ! »

Je sentis la rage monter en moi, cette même rage accumulée au fil des années et qui finissait par me plomber... J'avais peur, la boule au ventre de l'angoisse, car mon instinct savait que c'était sérieux, que « ce n'était pas comme d'habitude ».

Je ne cessais de me dire intérieurement « C'est la fois de trop... Ce n'est pas possible ».

« Donnez-lui au moins un antalgique pour patienter ! Ou allez voir le médecin qu'il lui en prescrive ! Elle vous a dit qu'elle avait très mal ! suppliai-je.

— On ne peut pas, il n'y que les médecins qui peuvent le faire. Il faut attendre, madame », répondit-elle catégorique.

Je revins dépitée, découragée, vers ma Lou et lui donnai à boire car ses lèvres étaient pâles et séchaient à vitesse grand V. Elle ne pleurait pas, mais se tordait et gémissait, courageuse. Je la consolais comme je le pouvais avec un sentiment d'impuissance atroce.

J'étais très inquiète. Je sentais que quelque chose de profondément anormal se passait. Ma mère venait d'arriver, je la renvoyai voir l'infirmière pour insister à son tour, demander un calmant pour elle, pensant qu'une femme d'un âge plus mûr serait peut-être moins prise pour une hystérique. Elle revint : « Rien à faire », me dit-elle d'une voix blanche. Et je voyais Lou contenir sa douleur comme elle le pouvait :

« J'ai mal maman, j'ai mal... » me disait-elle d'un souffle court. Cette sensation trop connue de me sentir crucifiée dans ma chair et sans recours. Je ne savais plus quoi faire. Aurais-je dû faire un scandale, hurler comme une folle ? Mon éducation corsetée m'en empêcha, je pense... Cette question m'a hantée. Peut-être m'aurait-on mise dehors ?

Au moment où n'en pouvant plus de la voir ainsi se dégrader, j'étais sur le point d'y retourner, on nous appela. « Lou Les S. ! » Soulagement.

Elle allait enfin être auscultée, donc prise en charge. Ouf ! J'installai Lou sur la table d'auscultation, l'aidant à sortir du fauteuil, mais se mettre debout était une souffrance. Je la portai sur le matelas et la pédiatre arriva. Une femme d'une cinquantaine d'années, brune, de taille moyenne. Je lui résumai tout : SOS Médecins, la douleur violente et inconnue, la fièvre, les vomissements, elle ne mangeait plus. Plutôt sympathique, elle rassura ma fille qui avait toujours une peur bleue de ces moments avec un médecin. Elle ne lui prit pas la tension, ce que je ne notai pas sur le coup, alors que je me souviens de la froideur de ses extrémités. Elle lui prit sa température intra-auriculaire, regarda nez, gorge, oreilles et palpa le ventre, regarda sa nuque.

« Le ventre est souple », conclut-elle. Pourtant j'avais remarqué qu'il était plus ballonné que d'habitude.

« A-t-elle vomi aujourd'hui ?

— Non.

— Ça va si elle n'a pas vomi ! Mais par contre, elle a une belle angine ! Je vais faire un prélèvement. »

Une angine ? Lou ne s'était nullement plainte de la gorge, mais en revanche elle avait une douleur intense et franche à l'abdomen qu'elle situait clairement au niveau du nombril.

Le résultat était positif pour l'angine, et sans se soucier du reste, elle se mit à prescrire du Doliprane car c'était d'origine virale. J'exprimai mes doutes sur le diagnostic : Lou avait mal au ventre et pas à la gorge, SOS Médecins, qui venait de la voir, pensant à un calcul, réclamait une imagerie de l'abdomen. J'étais partagée entre le sentiment de me dire que ça n'était pas grave (oh bonheur !) et le fait que je n'y croyais pas du tout, sans être médecin.

« Madame, il y a des angines qui peuvent donner des symptômes similaires à une appendicite », me dit la pédiatre, sûre de son fait.

J'insistais encore, devant ma mère qui ne savait quoi dire : « Le docteur de SOS Médecins a insisté pour faire une imagerie du ventre ! On vient envoyées par elle ! Il faut la lui faire ! »

Elle avait le visage fermé, était hermétique à mon discours. Devant mon insistance, elle me demanda l'âge de ma fille, et à court d'arguments, conclut :

« Vous savez, elle va avoir douze ans, elle est en âge d'avoir ses règles ! Ne vous inquiétez pas. »

Je ne savais plus à quel saint me vouer. Je voyais mon enfant en souffrance, et ce médecin qui me certifiait que ça n'était pas grave, que l'auscultation était OK, que tout rentrerait dans l'ordre.

Une dissonance cognitive s'opérait en moi sans même que je m'en rende compte. Ma tête se rangeait du côté des médecins, mais mon instinct me soutenait le contraire. L'autorité *versus* les tripes. J'étais mal, fatiguée de me battre sans cesse contre tout et tous et j'avais envie d'y croire, ne voulant, ou pouvant plus me projeter dans un cauchemar hospitalier. Et quel recours avais-je ?

Lou était soulagée de savoir qu'elle rentrerait à la maison. Je la pris dans mes bras.

« Ça va aller ma chérie, ne t'inquiète pas. Tu as entendu le médecin ? Ça va passer » et je blaguais, pour détourner son attention, sur le fait que je trouvais que c'était un peu trop tôt pour avoir ses règles ! On essayait de se rassurer...

Elle avait cette capacité inouïe à prendre sur elle, et je pense que son soulagement psychologique fut tel, qu'elle prit un peu plus sur elle, même si elle disait avoir encore mal...

Mais la nuit, elle ne ferma pas l'œil. La fièvre se maintenait à trente-huit, elle vomit à nouveau, et souffrait terriblement. Comme toujours en pareil cas, je restai éveillée pour la soulager et la rassurer, lui changeant ses bouillottes dès qu'elles étaient froides, tenter d'apaiser ce ventre qui la tourmentait et tenant la cuvette quand elle vomissait afin qu'elle ne s'étouffe pas comme cela avait failli arriver quand elle était plus petite. Je l'avais retrouvée il y avait des années sur le dos en train d'étouffer dans son vomi, terrorisée et immobile, et depuis, chaque fois, je restais auprès de son lit à la veiller les nuits. Je lui avais fait promettre de se mettre immédiatement en position latérale de sécurité quand elle était malade et de m'appeler. On se relayait bien sûr avec Paul qui était aussi rodé que moi depuis le temps. J'avais peur. Cela ne passait pas du tout.

Le lendemain après une deuxième nuit blanche, je demandai à mon mari de la ramener tôt aux urgences pour que je puisse un peu récupérer de la fatigue tout en culpabilisant mais je sentais que c'était trop éprouvant pour moi. Sa douleur intense subsistait et le Doliprane était insuffisant pour l'atténuer. Lou aussi était prise par la panique, sentant cette souffrance persister. C'était désespérant de ne pouvoir lui ôter cette épée du ventre.

Alors que nous étions venus la veille, on les fit à nouveau patienter de longues heures… Elle se dégradait à vue d'œil, se plaignait sans cesse, la tête sur les genoux, livide, avec le Doliprane qui ne la soulageait pas. Je les rejoignis vers midi. Elle n'avait passé encore aucun examen mais avait été auscultée par un autre médecin. Cette fois, des imageries étaient prévues : une radio et une échographie. On nous appela pour une radiographie.

Je ne sais pas pourquoi je photographiai Lou sur son fauteuil, prise par un réflexe absurde de journaliste car je sentais que c'était grave et que cette attente était anormale, écrasée par mon angoisse maternelle. Les box de radiologie étaient fermés avec un panneau indiquant « En grève ». Un seul était ouvert.

Le radiologue demanda si l'enfant pouvait se tenir debout. Avec de l'aide bien sûr, mais elle souffrait tant que la déplier s'avérait compliqué. Je supportais mal de la voir ainsi, et je savais que je n'étais plus en capacité de la rassurer, alors quand l'opérateur l'emmena, elle demanda à son père de l'accompagner pour se rassurer car la peur de l'hôpital était plus forte que tout. On avait décidé de lui faire la radio allongée.

Elle ne cria pas comme elle le faisait d'habitude, prise de panique, et, quand je la vis sortir, je réalisai combien elle avait mûri… Comme elle était valeureuse. L'opérateur nous remit le cliché en sortant et on fila directement faire l'échographie abdominale. Encore l'attente, inexorable… Puis ce fut enfin notre tour. Cette fois, c'est moi qui lui tins la main et l'installai sur la table en lui susurrant des mots apaisants. L'échographiste ne dit pas un mot en passant la sonde sur l'abdomen, et nous remit à la fin le compte rendu, toujours muet.

Je lui demandai aussitôt : « Alors ?

— Il y a quelque chose bloque dans son intestin, dit-il.

— Mais quoi ? Un fécalome ? demandai-je pour comprendre.

— Je ne sais pas. Il faut revoir le médecin référent. »

Lou étant une constipée chronique de haut grade vu son immobilité, nous étions bien sûr extrêmement vigilants. Son auxiliaire, celle de la maison, était charmante mais ne savait pas comment la prendre, étant elle-même assez angoissée, et Lou le sentait. Elle en devenait trop directive avec elle, et notre fille ne le supportait pas. Cela l'angoissait de perdre le contrôle du fait d'un adulte qui la contraignait et j'avais songé qu'il fallait que je règle ce problème. Je savais par l'aide à domicile qui la récupérait l'après-midi, que Lou n'avait pas bu la gourde d'eau que je lui avais remise au collège pour être sûre qu'elle ait son un litre et demi quotidien, ce qui me stressa.

Nous repartîmes attendre l'analyse des examens. Le médecin, un gastro-entérologue aux cheveux gris de petite taille, nous fit entrer dans un bureau pour commenter les images.

Il nous dit tout simplement qu'il fallait lui faire un lavement au Normacol, que tout rentrerait dans l'ordre. Donc, c'était un simple fécalome ?

Il commença à rédiger la prescription nous enjoignant de le faire à la maison et de revenir s'il y avait un problème. Je refusai.

« Ah non ! On le fait sur place ! On a attendu pendant des heures deux jours de suite, si ça ne marche pas chez moi, je ne vais pas attendre à nouveau des heures ici ! On le fait sur place, s'il vous plaît. »

Il argua que les urgences étaient pleines. Je contre-argumentai, disant que Lou avait un dossier ici très important et que je ne prendrais aucun risque. Devant mon aplomb, il appela une infirmière qui vint procéder au lavement… Lou fut patiente, exemplaire, malgré la douleur simplement soulagée au paracétamol. Cette volonté et cette maîtrise étaient déroutantes. Elle gémissait mais ne pleurait pas.

Je priai pour que ce ne soit qu'un bouchon fécal, qu'elle soit enfin libérée, et que tout cela ne soit qu'un mauvais souvenir… Et en effet, je la conduisis aux toilettes et elle déféqua, un peu. On souffla de soulagement toutes les deux dans les toilettes. C'était fini ! On allait rentrer ! Le bouchon parti, tout allait rentrer dans l'ordre.

Je pris une photo du fond de la cuvette pour le médecin, embrassai Lou qui semblait contente, rassurée. Et il nous donna l'autorisation de partir.

Dans la voiture sur le chemin du retour, Lou était pâle, mais elle ne se plaignait pas. Cependant elle avait posé sa tête sur mon épaule pendant que je conduisais, l'air fatigué, encore douloureuse. J'avais l'impression qu'elle n'était pas encore tout à fait soulagée… à part le fait qu'elle rentrait à la maison !

La nuit fut très difficile. La douleur persistait… Elle souffrait malgré le lavement, les bouillottes chaudes, les antalgiques, mes câlins… Quelque chose n'allait vraiment pas… Nous étions allées deux fois aux urgences pédiatriques en deux jours et on nous avait renvoyées à chaque fois… je ne savais plus quoi faire.

J'étais perdue : que faire ? Aller dans un autre hôpital ? À quoi bon ? Là-bas, ils avaient l'intégralité de son dossier médical depuis sa naissance, ce qui représentait environ huit services différents au total, et on en revenait !

Au milieu de la nuit, je songeai à appeler son pédiatre de ville. Il était mon dernier recours, j'avais toute confiance en lui, il l'avait déjà sauvée une fois… Peut-être comprendrait-il ce que les urgences n'avaient pas cerné ?

Pour la première fois de ma vie avec ma fille, je me sentis totalement démunie. Je pensai rappeler SOS Médecins, ou les pompiers, ou attendre le créneau d'urgence chez le pédiatre de ville à la première heure. Mais elle finit par sombrer avant que je ne décide, se reposant, enfin, de ses nuits blanches. J'allai me coucher.

Le lendemain matin, elle était livide. Les extrémités gelées. Affaiblie par cette douleur incessante.

Le pédiatre nous reçut en urgence dans son cabinet derrière chez nous. Je l'appréciais beaucoup. Son épouse et lui suivaient Lou et Aurélien depuis leur naissance, et ils avaient toujours été d'excellent conseil. Avec eux, nous avions traversé beaucoup d'épreuves, et ils avaient toujours été très présents, nous accompagnant de près pendant les hospitalisations de Lou.

Je lui amenai les examens dont je disposais, remis par les urgences pédiatriques, à savoir : une échographie abdominale et une radiographie pulmonaire. L'analyse d'urine sur place avait été négative et je n'avais pas sa prise de sang (si tant est qu'on lui en ait fait une). Lou souffrait toujours énormément et se plaignait amèrement, « j'ai mal là », disait-elle en désignant le bas de son ventre, et cela sautait au visage.

J'expliquai nos allers et retours à l'hôpital, notre renvoi à la maison deux jours de suite, et cette souffrance qui empirait jour après jour… Ma préoccupation grandissante car son état ne s'améliorait pas. Le pédiatre blagua avec elle, regarda attentivement les images, puis l'ausculta, en prenant le soin de la rassurer, elle qui détestait qu'on la touche. Le ventre était souple, selon lui. Pourtant je la trouvais très ballonnée et ses extrémités étaient toujours froides.

Mais comme nous étions allées deux fois à l'hôpital sans succès, je pense qu'il se polarisa sur les clichés et me fit observer des points sur la radiographie pulmonaire, ce que personne n'avait noté à l'hôpital. On les voyait très distinctement, en effet.

Il pensa alors à un foyer infectieux, et prescrivit des antibiotiques. Une fois encore, je soulignai l'intense douleur abdominale ! Quel était le rapport ? Mais la souplesse de son ventre était rassurante, et malgré sa vive douleur et nos allers-retours, tout irait mieux dans quelques jours selon lui.

Je n'y croyais pas trop au fond de moi, mais j'avais envie de lui faire confiance, n'y connaissant rien… Lou semblait rassurée même si elle souffrait le martyre. J'achetai les antibiotiques. Nous étions pleines d'espoir, même si je ne comprenais pas le lien entre le poumon et une douleur au ventre…

L'après-midi, je laissai Lou alitée, et pour gérer mon stress grandissant, je la confiai une heure à une nounou pour faire du sport. Dès que je fus partie, Lou fut prise d'une crise de panique. Elle demanda à la nounou de m'appeler. Cette dernière refusa, prétextant qu'elle était juste stressée. Lou appela alors son petit frère à l'aide : « Au secours ! appelle maman ! » Ce dernier désobéit à la baby-sitter, alla chercher le téléphone de sa sœur dans le salon et m'appela en cachette pour me demander de revenir immédiatement. Je me souviens avoir couru comme une dératée dans la rue, le cœur battant à mille à l'heure, pensant la retrouver inanimée.

À mon arrivée à la maison, Lou pleurait à chaudes larmes. Je la pris dans mes bras et elle s'apaisa, calma ses sanglots, géra sa douleur. Je pensai sur le coup qu'elle avait besoin d'être rassurée et je restai à ses côtés, inquiète, dans l'espoir que le traitement fasse effet.

La dernière nuit fut un cauchemar. Avant de la coucher vers 20 heures, je l'avais aidée à aller aux toilettes. Assise sur le trône, elle était toujours avec cette satanée douleur abdominale.

Tout à coup elle se mit à hurler sous l'effet d'un coup de poignard qu'elle venait de recevoir au milieu du dos.

Je criai : « Où as-tu mal ? Où ? ! Montre-moi ! »

Elle mit sa main à l'endroit de la douleur pour me la montrer, un peu au-dessus du milieu du dos. Je la pris dans mes bras.

« J'ai mal là », dit-elle. Je ne comprenais pas ce qu'il se passait, j'étais tétanisée par la brutalité de la chose.

Et soudain, elle me dit cette phrase qui me paralysa et restera à jamais gravée en moi :

« Maman je sens que je vais mourir. »

Mon sang se glaça. Je me figeai comme un lapin pris dans les phares d'une voiture. L'espace d'un instant, je ne pouvais plus penser ou réfléchir, sa phrase m'avait mise K.-O. debout, ce n'était pas possible, pas Lou, pas ma petite fille. Je fis un énorme effort pour me ressaisir et récupérer mes réflexes maternels de base. Je la réconfortai, autant que j'en ressentais le besoin moi-même. Nous avions vu quatre médecins en trois jours ! Nous sortions de chez son pédiatre ! Que faire de plus ?

Je pleurais à moitié tant j'étais bouleversée. Paul et moi étions perdus, dans un état de sidération complet.

Je me souviens avoir appelé mon oncle Christophe, que je considère comme mon grand frère, paniquée, hantée par ce qu'elle venait de me dire. J'avais si peur ! Il doit se passer quelque chose de grave ! Il me rassura à son tour : « Non, elle ne va pas mourir, Steph. Elle est sûrement impressionnée et a peur à cause de sa forte douleur. Ça va aller avec le traitement. »

Mes tripes savaient que quelque chose de profondément anormal se passait, mais aucun docteur ne m'écoutait, n'écoutait la douleur de ma Lou. Mon cerveau au bord de l'explosion se mit en veille. Son souffle s'était saccadé, comme quand, petite, elle avait eu une pneumonie. Ce rapprochement me rassura, paradoxalement.

« Lou, on va retourner à l'hôpital tout de suite !

— Non maman, ne me laisse pas là-bas, me supplia-t-elle, tant sa hantise d'y aller était grande.

— Je te préviens, si demain matin ça ne va pas mieux on y va ! »

La nuit, elle ne dormit pas du tout. Elle se mordait la lèvre supérieure comme pour contrôler sa douleur. Sa respiration était toujours hachée. J'étais exténuée et nous nous relayions avec Paul, pour dormir une heure. Toute la nuit, elle endura ce calvaire, cette douleur qui ne lui laissa pas un seul instant de répit, sans fermer l'œil, sans plainte, sans pleurs. J'étais à son chevet, exsangue, vidée, tentant de la soulager et ne comprenant pas pourquoi le traitement mettait autant de temps à faire effet.

Au petit matin, quand je la vis en pénétrant dans sa chambre, j'eus un choc. Lou avait les yeux cernés, son teint était devenu blanc comme un linceul, et sa lèvre supérieure était si tuméfiée qu'on aurait dit un boxeur, elle ne pouvait plus parler et sa respiration était toujours saccadée et difficile.

Son état s'était totalement dégradé, Lou était devenue l'ombre d'elle-même en une nuit. Je savais cette fois-ci, sans aucun doute possible, que la situation était gravissime. Je hurlai et Paul arriva, catastrophé. J'appelai immédiatement le pédiatre qui nous envoya faire une échographie abdominale d'urgence en ville dans l'heure.

« On est peut-être passé à côté d'une appendicite », souffla-t-il au téléphone.

On habilla Lou, qui luttait toujours, et mon mari, déjà prêt, fonça faire l'échographie. L'échographiste en voyant Lou s'épouvanta et appela directement son collègue à l'hôpital pour ne pas passer par les urgences et entrer directement en chirurgie.

Paul m'envoya un texto pour me dire qu'elle avait « une péritonite » et était transférée directement en service de chirurgie viscérale pour une chirurgie abdominale.

Je ne sais pas pourquoi mais sur le moment je me sentis soulagée. « Ouf ! c'est une péritonite », m'étais-je dit, m'imaginant qu'elle allait être opérée et que les choses rentreraient dans l'ordre. Je prenais donc mon temps, allégée qu'un diagnostic soit enfin posé, et demandai à mon mari de me donner des nouvelles avant que je ne les rejoigne. Je tentai de me reposer, j'étais laminée de fatigue après ces trois nuits sans sommeil.

Lou avait été installée sur un brancard en chirurgie viscérale, « prise en charge » par le service de gastro-entérologie, et attendait, son papa à ses côtés, d'être opérée en urgence. Ils étaient arrivés vers midi directement dans le service après l'appel de l'échographiste.

À 16 heures, Paul m'appela.

« Lou te réclame.

— Ça y est ? Ils l'ont opérée ? demandai-je.

— Non, on attend encore le scanner », me répondit-il.

Je tombais des nues. Lou, adressée en urgence dans le service, n'avait pas encore été opérée ! Comment était-ce possible ? Cela faisait quatre heures ! Et le scanner pré-opératoire n'avait toujours pas été réalisé…

La trouille remonta en moi tout à coup et j'accourus aussi vite que je le pus. J'arrivai haletante. Lou, souffrante, était allongée sur son brancard, recouverte d'une blouse opératoire, poussée par deux infirmières qui gloussaient. Je la regardai, elle avait l'air complètement dans les vapes, respirait mal et elle se plaignait de ses douleurs. Je leur demandai si elles lui avaient bien donné un antalgique car elle n'aurait pas dû avoir encore mal.

Elles confirmèrent lui avoir administré une perfusion de Nubin, qui n'avait manifestement aucun effet.

« Mais pourquoi pas de la morphine ? ! Vous voyez bien que cela ne marche pas ! » m'étais-je exclamée. Elles justifièrent que ce n'était pas recommandé avant une opération. N'étant pas médecin, je ne savais pas, mais je trouvais insupportable qu'elles ne puissent pas mieux la soulager !

J'étais outrée, choquée, anéantie. Pourquoi n'avait-elle pas encore été admise au bloc ? Je les observais : tout le monde avait l'air totalement décontracté, à l'opposé de ce qui se jouait là, sous mes yeux : une urgence absolue, la vie de ma fille.

Cette dichotomie me perturbait. Une fois encore, le corps médical semblait penser que ça n'était pas si grave alors que je constatais l'inverse !

On marchait dans le couloir en poussant le brancard, quand j'entendis quelqu'un derrière moi m'interpeller. C'était la médecin urgentiste du premier jour. Elle sortit de son bureau vitré.

« Mais je vous reconnais, vous ! » me dit-elle. Je confirmai et lui rappelai : quatre jours avant, SOS Médecins, le mal de ventre, le fait qu'elle avait refusé de faire une imagerie malgré mon insistance… Elle devint toute rouge en voyant le chariot filer avec Lou, et me dit l'air confus :

« Je suis désolée, madame, désolée.

— Pas autant que moi ! » rétorquai-je, ulcérée.

Arrivés devant la grosse machine blanche du scanner, on nous dit d'attendre, encore et toujours. « Parce que le scanner est réservé en priorité au service de réanimation », me dit l'opérateur.

Je m'énervai : « Mais enfin ! il n'y a personne là, tout de suite dans la machine ! Ma fille a une péritonite ! Ça fait quatre heures qu'elle est là ! Alors faites-le-lui maintenant ! Qu'on arrête de perdre notre temps ! » Depuis le matin, mon époux subissait tout, anéanti.

Tout le monde se regarda. Le patient de réanimation n'arrivait pas… Alors ils m'écoutèrent, portèrent Lou qui souffrait atrocement à chaque déplacement. Une fois l'examen fait, on se dirigea jusque devant le bloc opératoire. Je tenais sa main depuis mon arrivée, ne la quittant pas des yeux, ni d'une semelle.

« Où est le chirurgien ? » demandai-je aux deux soignantes qui n'arrêtaient pas de papoter entre elles en blaguant comme si rien d'important ne se passait, comme un film absurde projeté devant mes yeux de spectatrice impuissante.

« On la cherche. » J'hallucinai. Comment ça ? Elle n'était pas encore prévenue ? Une infirmière passa devant nous et nous dit :

« Le bloc est fermé à clé. Je vais la chercher », dit-elle en souriant. Et tous les autres box étaient *vides*, fermés. C'était ubuesque. Tout dysfonctionnait… Les bras m'en tombaient en même temps que la pression était à son comble : le bloc fermé, pas de clé pour l'ouvrir, pas de chirurgien… Et Lou en urgence absolue…

J'avais de nouveau rejoint un trou noir, une dimension hors de tout entendement humain, hors du temps, hors sol, hors de mon corps. J'avais l'impression de flotter, d'assister en direct à la tragédie de la mort de ma fille. Pour la première fois de ma vie, j'avais si peur que je n'arrivais plus à être aussi vindicative qu'au début. J'aurai dû hurler, les frapper, n'importe quoi pour faire bouger les choses ! Or je me sentais figée par cette peur, comme en état de sidération. Absolument personne ne semblait se préoccuper de l'état d'urgence vitale de Lou à part moi !

« Maman, je vois tout noir », me dit-elle, soudain inquiète.

J'assistais impuissante à sa fin, sans pouvoir y croire. Je me tournai vers les infirmières, l'air suppliant, leur demandant ce qu'il se passait, pourquoi elle ne voyait plus.

Elles interrompirent leur banale conversation pour lui répondre :

« Ce n'est rien ma puce, c'est le liquide de contraste du scanner qui fait ça parfois. » Je me raccrochai à cette phrase comme à l'ultime radeau d'un naufrage inexorable, et rassurai ma chérie, en la lui répétant, comme si c'était une phrase magique, jusqu'à ce soit réelle.

« Maman, ne me laisse pas là. Ne me laisse pas à l'hôpital », implora Lou. Comment pouvais-je faire autrement ? Je n'étais pas médecin ni magicienne. Je lui expliquai que je ne savais pas la soigner toute seule, que j'aurais aimé mais je n'avais pas le choix. Elle s'angoissait à l'idée de rester, ou d'y rester... J'étais si mal...

Je ne cessais de questionner : où était le chirurgien, avait-on trouvé la clé ? Il se passa un bon quart d'heure, avant que l'infirmière qui cherchait la clé revînt ouvrir le bloc opératoire, triomphante avec son sésame dans sa main, *tout sourire* !

C'était incroyable. Puis arriva, encore un peu plus tard, la chirurgienne, tranquille, nonchalante. On aurait dit une star du rock qui faisait son entrée, ménageant ses effets. Une petite bonne femme d'un mètre cinquante aux cheveux noirs. Elle se présenta, hautaine :

« Bonjour, je suis le docteur C. C'est moi qui vais opérer Lou. » Elle s'était adressée à nous d'un ton froid, détaché, prête à opérer, pensais-je, pour me rassurer.

Elle était tout sauf aimable, mais cela n'était pas l'essentiel, tant qu'elle savait faire l'opération. Elle s'éloigna sans empressement. Elle s'installa au fond de la salle sur un bureau et prit le temps d'étudier le scanner et le dossier de Lou.

Cinq minutes… Dix minutes s'écoulèrent. Mon mari l'avait rejointe pour tromper son angoisse et blaguer avec elle.

N'y tenant plus, je lâchai la main de Lou en lui expliquant d'abord où j'allais et pourquoi, et me dirigeai vers eux d'un pas décidé. Elle prenait son temps pour lire deux feuilles, l'air concentré.

« Excusez-moi docteur, mais qu'est-ce qu'on attend ? Lou est sur son brancard depuis des heures avec une péritonite aiguë ! »

Elle me regarda avec un air de poisson froid, et me répondit, en me prenant de toute la hauteur de son diplôme qui compensait sa taille miniature :

« Madame ! Avant d'opérer je dois étudier le scanner. Il y a quelque chose qui bloque dans ses intestins ! répondit-elle sèchement.

— Mais ça fait dix minutes que vous l'étudiez ! C'est pas nouveau qu'elle a quelque chose qui bloque ! On l'a vu à l'échographie. Et puis Lou est toujours constipée, c'est sûrement un fécalome ! » dis-je au comble de l'inquiétude.

Elle avait l'air énervé par mon attitude et se mit sur la défensive, et me balança froidement :

« Ah parce que vous savez ce qui bloque, vous ! ? Moi non ! C'est inquiétant en fait, on ne sait pas ce que c'est. »

Je m'étais pris le coup en pleine poitrine, et la harcelai de questions : une tumeur ? une torsion ?

« Je ne sais pas, justement ! C'est pour ça que j'étudie son dossier ! On verra en ouvrant », répondit-elle, odieuse.

Tout était catastrophique. Absolument tout. L'accueil, le retard, la perte de temps peut-être vitale pour Lou... Un enchaînement calamiteux de prises en charge...

Furieuse de la voir replonger le nez dans le dossier en semblant ignorer délibérément l'urgence vitale, je revins vers Lou. Elle avait déjà les yeux fermés, et les infirmières claquaient des doigts et l'interpellaient pour qu'elle ne sombre pas totalement.

« Lou, réveille-toi ! Reste avec nous ! »

La médecin revint enfin vers nous, et nous expliqua qu'elle allait l'opérer avec deux autres chirurgiens.

Avant de partir au bloc, je m'accroupis tout près de ma petite fille, la main dans la sienne, et ma bouche collée à son oreille je lui dis :

« Lou, ma chérie, ça va aller mais dis-moi que tu vas t'accrocher ! » Silence.

« Jure-le-moi ! criai-je désespérée, broyée par le chagrin et l'appréhension.

— Oui », put-elle souffler d'une voix affaiblie dans un dernier soubresaut d'énergie. Elle était à bout...

Je savais que ma lionne, ma guerrière se battrait jusqu'au bout comme elle l'avait toujours fait avec cette force de vie inouïe qui l'habitait. Elle avait déjà relevé l'impossible à chaque fois. J'avais une confiance totale en elle.

Mais là, elle arrivait en piètre état ! Comment ferait-elle sans leur aide ? Car en « eux » je n'avais plus du tout confiance vu les ratés qui continuaient de s'accumuler...

Or, elle avait besoin d'eux. Allait-elle y arriver ? Je craignais qu'il ne soit trop tard...

En voyant le brancard pénétrer dans le bloc, j'étais pétrifiée.

Les heures s'allongeaient, infinies. Derrière les battants blancs à hublot, Lou luttait, une fois encore, une fois de trop, pour survivre.

Paul et moi faisions les cent pas, anxieux, face à cette porte qui nous mènerait vers le Styx ou la maison. On avait appelé la famille pour les prévenir, nos proches étaient arrivés à la rescousse à l'hôpital pour nous soutenir.

Les cieux s'étaient obscurcis avec la nuit tombante. Nous tentions de discuter pour tuer le temps.

Entre-temps nous étions repassés dans la salle d'attente pour parler à notre famille. Une infirmière vint nous y chercher pour nous dire que Lou sortait du bloc opératoire. Paul se précipita, pour la voir. Je le rejoignis et vis qu'elle avait le visage tout gonflé, à cause d'un produit qui lui avait été administré, c'était impressionnant.

La soignante nous dit que la chirurgienne voulait nous parler, et j'y vis un funeste présage. Toujours aussi désagréable, elle nous expliqua que Lou avait fait un volvulus sur un « intestin grêle inversé ». Première nouvelle… Notre fille, qui avait été scrutée sous toutes les coutures depuis sa naissance, avait l'intestin à l'envers ? Et ce type de configuration intestinale congénitale favorisait les torsions. J'étais très étonnée.

Elle ajouta qu'elle avait réséqué son intestin grêle car il avait gangrené… Le ciel nous tombait à nouveau sur la tête. Ma pauvre petite fille chérie. Comment était-ce possible ? Quelle douleur innommable ! Quelle atrocité t'ont-ils fait subir pendant quatre jours… Quatre jours, le temps d'une gangrène… Le cauchemar n'en finissait pas. Lou avait été placée en sommeil artificiel, le ventre ouvert, dans l'espoir que la partie abîmée non encore gangrenée du grêle qui restait pourrait être récupérée. Plusieurs autres opérations étaient à prévoir.

« Combien ? demandais-je.

— On ne sait pas. Deux ou trois ou quatre. »

C'était irréel. Si elle avait été prise en charge dès le premier jour, aurait-on pu éviter cet enfer ?

En réanimation, nous retrouvâmes nos vieux souvenirs malheureux du tout début de la vie de Lou. Les blouses, surblouses, chaussons… Le ballet des blouses, et des médecins plus ou moins sympathiques. Seule Lou était différente, devenue une belle jeune fille, immense.

Dans son lit je lui pris la main et la cajolai. Son ventre, comme quand elle était en réa de cardiologie, bébé, était recouvert d'un champ opératoire, cachant la béance de son abdomen ouvert.

Mais que t'ont-ils fait, mon amour ?

Les infirmières étaient douces et adorables, comme si souvent, dévouées et humaines. Elles lui parlaient, la prévenaient avant de la toucher, la massaient, me permettaient de participer.

On n'avait pas le droit de rester dormir. Et cela me perturbait car je savais que Lou aurait souhaité que nous soyons à ses côtés... Elle n'avait pas voulu qu'on la laisse. La mort dans l'âme, on rentra à la maison le soir.

Le lendemain matin, sur le pied de guerre avec elle, les examens s'enchaînaient. On nous informa qu'un de ses poumons avait « une masse » qui écrasait la branche pulmonaire principale et que les médecins ignoraient de quoi il s'agissait. Lou respirait mal et avait été placée sous respirateur artificiel dès la sortie du bloc. Il fallait lui faire un scanner pulmonaire pour savoir ce que c'était, pour pouvoir la traiter, or elle était trop instable pour qu'on la descende au scanner. Donc en attendant, avais-je remarqué, elle se dégradait sur le plan pulmonaire et l'on ne faisait rien car on ne pouvait pas faire d'imagerie...

« Nous n'avons pas de scanner à roulettes dans le service », avait répondu le médecin.

Quelle aberration... ! Un service de réanimation pédiatrique démuni au point de laisser l'état de ses jeunes patients se dégrader !

Rien n'était fait pour soigner son poumon car « ils ne savaient pas ». Ce fut tout au moins, la version officielle.

Ils suspectaient plusieurs choses : une thrombose, des emboles, mais ils ne savaient pas, il fallait aller voir… et ils n'y allaient pas. C'était désespérant.

Un jeune médecin réanimateur à qui je posais des questions, tout en prenant des notes parce que je ne comprenais pas, me dit : « Il faut nous faire confiance, madame ! C'est difficile de parler avec vous ! » Comment aurais-je pu faire confiance, dans de telles conditions ? J'appris incidemment qu'ils avaient infligé un lavement sur une péritonite et qu'elle avait failli faire un arrêt cardiaque de douleur ! Même un chien souffrant n'est pas traité de la sorte, alors leur faire confiance m'était devenu totalement impossible.

Ils ne cessaient de brosser un tableau sombre, tout en parlant d'une deuxième opération le surlendemain, alors qu'elle était selon eux « trop faible pour descendre au scanner » : le fameux « bénéfice-risque ». Une chose et son contraire.

L'après-midi, je finis par demander à un médecin plus sympathique et abordable si son pronostic vital était engagé. Il me regarda, étonné, et me dit : « Non, madame, on pense encore qu'on peut l'améliorer. » Je me raccrochai à cela, j'avais tellement besoin de pouvoir me raccrocher au moindre signe d'espoir, de vie.

Lou avait des microréveils, ce qui me terrifiait car elle avait les intestins à l'air et essayait de parler. Je courus chercher les médecins pour qu'ils la sédatent mieux ! Alors, ils augmentèrent les doses du sommeil artificiel.

Je lui caressai les cheveux avec mes doigts en peigne, et son pied tressaillit. L'idée qu'elle ait mal et ne puisse s'exprimer me hantait. « Nous avons plusieurs marqueurs biologiques qui nous le diraient », me rassurait un des réanimateurs.

Le lendemain eut lieu une réunion au sommet dans la salle prévue à cet effet. La cheffe de service nous expliqua sans tourner autour du pot en quoi consistait vivre avec un intestin grêle amputé : une poche de nourriture à vie.

Paul et moi étions atterrés. Un nouveau handicap venait s'ajouter à celui que la première opération lui avait déjà imposé ! Lou qui adorait tant manger... Comment pourrait-elle accepter cette énième privation ? Mon mari avait les larmes aux yeux tandis que la colère grondait en moi. Nous posions des questions mais les réponses et informations étaient noyées par le fait qu'ils envisageaient de la réopérer et de sauver ce qui pouvait encore l'être de son intestin pour éviter, peut-être, le pire : l'ablation totale. Ils avaient fait une dérivation en attendant, un procédé très risqué car susceptible de se rompre à tout moment. Ma gorge se serrait de chagrin et de rage entremêlés, impuissante que j'étais, comme à chaque fois, face à tant de froide inhumanité.

Comme si nous n'étions pas suffisamment à terre, les médecins nous imposèrent de faire un choix terrible, celui qu'aucun parent ne devrait avoir jamais à faire : la faire vivre avec une poche pour la nourrir, ou la laisser mourir. Quel choix ignoble, qu'ils nous ont présenté comme un simple avis consultatif !

« Y a-t-il un espoir ou non qu'elle vive, même avec une poche ? ! » demandai-je excédée par le flou de leurs propos.

Mais je n'obtins pas de réponse claire : ils délayaient les informations, ils brodaient, rien n'était jamais transparent, jamais tranché, tout en nous laissant entrevoir un sombre avenir : « C'est compliqué ».

J'appelai alors l'ancien chef de cardiologie pédiatrique qui avait si bien soigné Lou à sa naissance. Comme toujours, il ne mâcha pas ses mots : « C'est une catastrophe, me dit-il d'emblée. Il faut que vous sachiez précisément pour choisir. Demandez un staff avec tous les spécialistes : cardiologues, urologues, pneumologues, etc., tous ceux qui ont suivi Lou depuis le début de sa vie. » Je reconnaissais bien là son efficacité, qui avait sauvé notre fille.

Elle fut réopérée. Ils réséquèrent un peu plus l'intestin, la laissant ouverte, à nouveau, et sédatée. Entre-temps, on nous avait autorisés à être jour et nuit à ses côtés. Les infirmières étaient des perles, la chouchoutaient, lui donnaient du courage, la toilettaient, me donnaient les constantes qui progressaient. Je félicitais Lou, lui lisais des histoires, lui caressais le bras et les cheveux doucement car j'avais un peu peur de la réveiller, lui mettais de la musique pour couvrir le bruit des scopes, lui faisais écouter des séances d'hypnose où l'esprit voyageait dans le corps et réparait ses cellules... Je me tournais vers la vie coûte que coûte.

Les médecins entraient dans la chambre, sans même saluer leur petite patiente, parlant d'elle comme d'un bout de viande inerte, un « cas clinique », sans aucun ménagement quand ils étaient inquiets, bien qu'ils nous aient précisé qu'elle entendait tout... À l'exception de trois médecins, les autres étaient froids, sans la moindre compassion, affairés à leur tâche de façon méthodique sans que jamais l'aspect humain n'entre en compte dans leur comportement. Nous en avons tellement souffert pour elle...

Le temps s'écoulait. Il n'était toujours pas possible de faire un scanner pulmonaire à Lou alors que son poumon se dégradait.

Nous assistions, impuissants, démunis, à ce triste spectacle. Les médecins nous répétaient jusqu'à plus soif que sans cet examen, ils ne pouvaient pas savoir quel était le problème et donc envisager un traitement. C'était kafkaïen. Pour éviter que la détresse respiratoire ne s'accentue, ils couchaient Lou sur un côté, puis sur l'autre, en alternant. Je voyais bien qu'elle allait de plus en plus mal. Je tombais dans un abîme sans fond avec elle, plus rien ne me retenait. Un jour, la détresse respiratoire fut telle qu'elle devint écarlate, elle étouffait. Nous sortîmes dans le couloir à toute vitesse afin de laisser les soignants s'en occuper.

À bout de souffle, je hurlai : « Mais laissez-la partir ! Laissez-la partir ! »

En vain. Personne ne m'écouta... Ils la réanimèrent et la replacèrent aussitôt sur le flanc.

Lou fut opérée une troisième fois. Pour quoi faire ? Cela faisait maintenant treize jours qu'elle était là... Je n'avais toujours pas de réponses claires à mes questions.

Nous avions compris que la situation était grave, désespérée, mais ils continuaient à s'acharner sur elle, à l'opérer, la réanimer. Pensaient-ils réellement pouvoir la sauver ou était-ce un réflexe purement médical ?

Les réunions se suivaient et se ressemblaient. Encore une (la dernière à laquelle j'assistai) où un vieux briscard à moustaches, médecin réanimateur, nous dit, désabusé, quand je lui demandai comment elle allait :

« C'est sérieux, madame ! »

Agacée par ce brassage de vent continuel, par l'absence de toute donnée médicale concrète, je ne pus m'empêcher de le remettre à sa place :

« Ah bon ? Merci, je ne m'en étais pas douté ! C'est pas vraiment le Club Med ici ! Je vous demande concrètement comment elle va.

— Elle est stable... mais dans le médiocre.

— Mais encore ?

— ... »

Ce n'était toujours pas ce que j'attendais comme information de la part d'un médecin à qui je posais des questions précises.

Mon mari accablé avait déjà dit que lui ne supporterait pas de voir Lou avec une poche, elle en serait trop malheureuse. Moi je ne saisissais toujours pas si elle pouvait s'en sortir ou pas, puisqu'ils nous parlaient de vivre avec une nutrition parentérale, et pourquoi ils s'acharnaient à l'opérer pour la troisième fois, tout en nous laissant entendre en même temps et à demi-mot qu'elle était fichue ? Pour ma part, j'estimais que c'était aux médecins de nous dire ce qu'il en était précisément : est-ce que oui ou non son pronostic vital était engagé ? Pensaient-ils encore pouvoir améliorer son état malgré un poumon défaillant ? Pouvait-elle vivre avec une poche parentérale ?

Je refusais de choisir pour elle, je voulais avoir plus d'informations sur ce qu'impliquait cette fameuse poche dont on nous rebattait les oreilles. Je rencontrai donc la spécialiste de la nutrition parentérale pour savoir en quoi cela consistait.

Entre-temps, j'avais compris que la réunion avec tous les spécialistes ayant suivi Lou depuis sa naissance, demandée pour obtenir des réponses sur les conseils du professeur A., n'aurait jamais lieu. Quand j'avais insisté pour l'organiser, la médecin qui se tenait à mes côtés avait répondu au téléphone à son interlocuteur : « Mais je sais ! Je n'y peux rien, c'est sa mère qui insiste ! »

J'avais remarqué des taches rouges sur les bras de Lou et leur avais demandé à maintes reprises ce que c'était. On me répondit seulement qu'il « fallait les surveiller ». J'insistai encore, lassée par leurs réponses évasives : « Ça peut être plusieurs choses... » Ils les entourèrent au feutre noir.

Un soir, un infirmier releva les précieuses soignantes habituelles. Il débarqua, tel un cow-boy, et lança brutalement de sa voix de stentor, pour se présenter : « Bonsoir ! Je suis l'infirmier qui va s'occuper de Lou ! Bon, c'est pas brillant, le tableau est sombre hein ! »

Outrée, je me tournai vers Lou qui entendait, et je vis deux larmes rouler sur ses joues simultanément. J'étais révoltée.

« Bravo ! Vous la faites pleurer ! Est-ce vraiment nécessaire ? »

Me prenant pour une idiote, il m'expliqua que c'était le produit qu'on lui administrait qui faisait couler les yeux. Comme je lui démontrai cette impossibilité, il finit par s'excuser. Je me penchai vers Lou et lui chuchotai d'oublier tout ce qu'il venait de dire, que cela n'était pas vrai, que c'était un sombre idiot.

En plus de ses allures d'individu mal dégrossi, cet olibrius ne respectait même pas les protocoles sanitaires de base d'un service de réanimation. Horrifiée, je l'avais vu se pencher sans masque à deux millimètres de la bouche entr'ouverte de Lou et du tuyau respirateur.

Aurélien, soucieux de sa sœur, décida, courageux, de venir la voir. La psychologue du service l'avait préparé en lui montrant des photos du lit médicalisé de réanimation. Il avait revêtu une surblouse et entra dans la chambre, une charlotte bleue vissée sur la tête. Il avait huit ans et je savais qu'il n'oublierait jamais…

En découvrant Lou gisante, il ne montra pas son désarroi, digne, mais il avoua plus tard qu'il avait compris que c'était la dernière fois qu'il la voyait. Il vint tout près de sa sœur et lui dit cette phrase qui me bouleversa : « Lou, je t'aime infiniment. »

J'espère que du fin fond des nuées artificielles où elle était plongée, elle put entendre les mots d'amour de son petit frère qui se sentait perdu sans elle. Puis Aurélien lui lut son histoire préférée, *Matilda*, l'héroïne aux pouvoirs magiques qui a changé son destin…

Pendant ce temps, les médecins avaient dit à mon mari que je n'étais pas prête, et que c'était pour cela qu'ils la « maintenaient » ! J'étais révoltée, à vif, une grenade prête à leur exploser au visage : de quel droit se permettaient-ils ce comportement de macho ! ? J'étais une adulte, pas une enfant, je ne demandais qu'à obtenir des informations claires, nettes et non de flous sous-entendus, pour réfléchir en connaissance de cause.

Le dernier soir, devant la porte grise du service de réanimation, un médecin que je n'avais jamais vu, très humain, répondit à toutes mes questions. Ce fut le seul. Il fut délicat et prévenant et c'est ce que j'attendais désespérément depuis bientôt deux semaines que nous étions ici.

« Elle n'a pas choisi, on dirait », me dit-il.

Je dis au médecin que les orteils du pied droit de Lou étaient devenus rouges aussi, comme son bras. Le verdict tomba alors, net, précis, tranchant comme une guillotine : la gangrène gagnait du terrain, et rongeait son corps...

Je lui sus gré de sa franchise. Et compris immédiatement : c'était fichu... Il n'y aurait pas de second souffle cette fois, de miracle, de bataille gagnée avec brio, à cause des dommages collatéraux irréversibles. En parlant au médecin, j'avais l'impression que Lou était à mes côtés, nous entendait ou comprenait.

Nous acceptâmes de lui retirer les aides artificielles pour la laisser partir. Lou... ma fille... ma vie... ma bataille... mon tout... mon adorée, allait cesser d'étinceler... Elle s'en fut doucement comme la lumière s'évanouit sur un lac tranquille au crépuscule. Elle quitta ce monde en paix, me plongeant dans un abîme profond, avec Aurélien et son papa. Mon éternelle, mon envolée...

Alors, dans un réflexe de survie de mon esprit rendu confus par ce malheur innommable, je ramassai ma brisure en mémoires éparpillées pour les réunir en un portrait inoubliable de ma petite fille chérie. Une sorte de talisman que je garderai contre mon cœur précieusement : son insatiable appétit de vivre depuis bébé, de croquer tout un tas de nouvelles saveurs inédites, sa ténacité incroyable pour réaliser des travaux manuels alors même que cette activité représentait une difficulté pour elle, de s'acharner à la kiné pour marcher, sa délicatesse, son attention et son empathie à l'égard des autres sans jamais juger ou préjuger, ses éclats de rire contagieux, son teint de lis et de rose et ses magnifiques cheveux blond vénitien soyeux dans lesquels j'aimais tant perdre mes mains, sa fascination « révélée » pour la basilique de Lisieux qu'elle avait visitée avec sa grand-mère à cinq ans, ses poupées qui l'ont constamment accompagnée dans ses jeux et ont été de fidèles amies durant les moments difficiles, sa dignité et sa pudeur car jamais elle ne se plaignait malgré les souffrances que la vie lui infligeait, sa passion des mots qu'elle se mettait en bouche pour les savourer longuement, les petits messages écrits sur les Post-it qu'elle dispersait un peu partout, ses blagues et son sens de l'humour qui nous faisaient tous rire, son amour de la musique, et enfin ses câlins, des embrassades infinies à s'étouffer tellement elle nous serrait fort dans ses bras si fins et puissants à la fois. À son image. Je collecte un à un ces souvenirs précieux, je les presse contre mon cœur pour les conserver jusqu'à ma mort… mon inestimable trésor.

À la suite de ces ultimes dysfonctionnements successifs à l'hôpital qui nous a renvoyés à la maison alors que Lou était en grande souffrance, sans écouter son affreuse douleur au ventre, la laissant agoniser sous nos yeux, hors du cadre médical, nous avons saisi le tribunal civil pour désigner deux experts judiciaires médicaux afin d'étudier précisément son dossier médical et sa prise en charge hospitalière, que nous estimons, pour notre part, calamiteuse, indigne et inhumaine.

Épilogue

Combien de fois ai-je eu envie de te rejoindre sous la terre humide, et m'endormir à tes côtés pour l'éternité ? Sentir la soie de ta peau sur ma joue, humer l'odeur de camomille de tes cheveux lisses, éprouver ton étreinte autour de mon cou serré si fort le soir en me disant : « Bonne nuit maman, je t'aime ! » Mon enfant chérie... Combien de fois ai-je songé : À quoi bon tout ça ? À quoi bon continuer ? Quelle absurdité... On me dit toutes sortes de paroles abstraites, des injonctions rationnelles, vides de ma douleur : « Tu dois tenir pour ton fils, pour toi... » Mais que savent-ils du cœur d'une mère vidé de sa substance ? Pensent-ils qu'un enfant comble la béance de l'autre disparu ? Je ne dois rien, sinon choisir entre la vie et la mort, le vide et le plein. Mais la peine d'abord doit faire son chemin... de croix... Il me faut avancer sur le sentier chaotique du sens perdu de soi. Sans prise sur le temps. Quel sens donner à une telle anomalie de la nature ? Perdre sa propre chair sans avenir ?

Je suis une *mater dolorosa*. Le deuil est une traversée faite de hauts et de bas, tel un navire pris dans la tempête. Il pique au creux de vagues abyssales et remonte sur des lames assassines. On se raccroche à n'importe quoi sur le pont détrempé, pour ne pas sombrer tout au fond, en faisant confiance à la coque usée du bâtiment pour ne pas qu'il nous lâche, lui aussi.

Et puis, le manque. L'absence effroyable de l'être. Du jour au lendemain. De l'amour qu'on lui vouait, porté à l'intérieur de soi, et en dehors de soi. Ce manque charnel intense – mémoire du corps – et spirituel… Ton rayonnement, ton rire, ta gaieté, ton autorité, ton fol imaginaire, ta tendresse, ton intelligence redoutable, ton empathie, ton courage, ta volonté féroce, ta force de vie, tes cris de joie, tes pleurs aussi… J'ai tout aimé de toi. Et puis en reprenant le fil de notre histoire, j'ai lu entre les lignes, entendu les mots que tu n'as pas dits… par fierté, par dignité, et par amour aussi, pour nous protéger. J'ai passé en revue toutes les épreuves inouïes que tu as dû traverser en si peu de temps terrestre, tout en gardant ton sourire solaire, ta vie émaillée de crises d'angoisse passagères… et… j'ai compris. J'ai compris que tu sois partie dans une dimension plus grande, à la mesure de ton âme vaillante et généreuse, quittant ce corps qui te limitait ou te faisait souffrir pour explorer au-delà. Là où il n'y a plus de limites, ni entraves ni jugements. Où tu peux être toi-même, tout simplement, à la source… et je t'ai pardonné de m'avoir abandonnée ici-bas dans les basses-fosses obscures de la terre. Je t'ai demandé pardon de ne pas toujours avoir été la mère que j'aurais dû être, mais je t'ai tant aimée, et tu me l'as tant rendu, qu'aujourd'hui, après avoir versé toutes ces larmes de sang sur le papier de ce récit, je sais désormais que c'est toi qui m'as montré le chemin de la Vie, c'est toi qui m'as appris à aimer, qui m'as fait devenir la femme et la mère que je suis aujourd'hui. Merci, Lou.

Remerciements

Si certains de mes propos heurtent des personnes à leur lecture, j'en suis sincèrement désolée. Je n'exprime ici que le reflet de mon expérience et mes ressentis durant ces douze années de bataille.

À mes éditrices, Sophie Charnavel, Céline Poiteaux, Pauline Bonvalet, à qui j'exprime ma profonde gratitude et sans qui ce livre n'aurait pas existé. Merci pour votre accompagnement si humain, patient et bienveillant !

Merci à Delphine Sabauber qui nous a mises en relation et m'a poussée à écrire.

Je vous remercie toutes les quatre du fond du cœur de m'avoir donné la possibilité d'écrire ce récit, qui je l'espère touchera le monde entier ! J'en suis très honorée.

Merci et avec ma reconnaissance éternelle à deux hommes vibrants d'humanité : le professeur Sidi et le professeur Vouhé.

À ma tendre amie, Y. D., qui m'a tant apporté durant ces années d'épreuves et grâce à qui j'ai découvert les vertus salutaires du yoga, une femme inspirante qui m'a incitée à écrire notre histoire il y a des années.

À feu Mme le Professeur Amiel-Tison, notre ange de lumière dans les ténèbres traversées.

À tous mes amies et amis, et relectrices et relecteurs attentifs. Mille mercis pour vos encouragements !

À feu mon père, près de ma Lou, je le souhaite !

À ma mère, ma sœur.

À mes grands-parents maternels.

À mon tendre Paul, compagnon de joie et d'infortune.

À mon soleil, Aurélien.

Et à toi, ma Lou étoilée qui as fait couler tant de larmes de sang sur la blancheur de ces pages.

Tu demeures dans mon cœur jusqu'au dernier souffle de ma vie,

Avec mon amour infini,

Maman.

Ce livre existe grâce au travail de toute une équipe.

Communication : Caroline Babulle, Sandrine Perrier-Replein, Typhaine Maison, Adélaïde Yvert.

Coordination éditoriale et administrative : Céline Poiteaux, Martine Rivierre.

Studio : Pascaline Bressan, Barbara Cassouto-Lhenry, Joël Renaudat.

Fabrication : Muriel Le Ménez, Céline Ducournau, Bernadette Cristini, Phousa Chantharath, Isabelle Goulhot, Émilie Lapan (Canada).

Correction : Emmanuelle Coppeaux, Valérie Gautheron.

Commercial, relation libraires et marketing : Laetitia Beauvillain, Alexandra Profizi, Élise Iwasinta, Morgane Rissel, Aurélie Scart, Clément Vekeman.

Cessions de droits : Isabelle Votier, Benita Edzard, Lucile Besse, Sonia Guerreiro.

Gestion : Sophie Veisseyre, Chloé Hocquet, Isabelle Déxès, Camille Douin.

Services auteurs : Viviane Ouadenni, Jean-François Rechtman, Catherine Reimbold.

Ressources humaines : Mylène Bourreau.

Juridique : Laëtitia Doré, Anaïs Rebouh, Valérie Robe, Jean-Benoît Vassogne, Julia Crosnier.

Diffusion : Aurélia Spalacci (directrice des ventes), Nadine Eugénie, Céline Pitt, Arnaud Weill, Hervé Adamczyk, Annie Bourgade, Éric Charpentier, Gilles Couillard, Sandrine Ducrocq, Élisabeth Ehlinger, Guillaume Loras, Jean-Philippe Pilloux, Philippe Maulnier, Gilles Torché, Élisabeth Gastaldo, Jean-Pierre Stephany (Belgique), Olivier Béguin (Suisse), Jean Bouchard et Marie-Ève Provost (Canada), Emmanuelle Cadot, Virginie Godet et Caroline Pan.

Ainsi qu'à toutes les équipes d'Interforum et d'Editis qui participent à la création, la diffusion et la distribution de ce livre.

Canoros Vehit Canentes

Composition et mise en page
par Facompo Lisieux

MIXTE
Papier issu de
sources responsables
FSC® C003309

L'éditeur de cet ouvrage s'engage dans une démarche
de certification FSC® qui contribue à la préservation
des forêts pour les générations futures.

Pour en savoir plus :
www.editis.com/engagement-rse/

CET OUVRAGE
A ÉTÉ ACHEVÉ D'IMPRIMER
SUR ROTO-PAGE
PAR L'IMPRIMERIE FLOCH
À MAYENNE EN JUILLET 2021

N° d'édition : 62499/01 – N° d'impression : 98741
Imprimé en France